Graziano Di Benedetto

Tentazioni

Mnamon

Capitolo 1

... Antonello veniva da un orfanotrofio, era stato abbandonato dalla nascita, non aveva mai conosciuto i suoi genitori naturali, era stato trovato in un bidone della spazzatura, per un caso fortuito non era stato triturato nei rifiuti.

Lo accolse un orfanotrofio appunto, il suo nome Antonello, ero lo stesso dell'operatore della nettezza urbana che lo aveva trovato, spesso però lo chiamavano rifiuto, si proprio rifiuto, per via della sua storia e per via della sua innata ribellione; era stato affidato a più famiglie, ma queste dopo qualche mese e tentativi di educazione, avevano rifiutato l'affidamento... troppo difficile da gestire, troppo difficile da domare... erano falliti ben 4 tentativi... tutti avevano rifiutato appunto...

La vita in orfanotrofio era dura, molto dura, i ragazzi più grandi erano bulli da strapazzo, gli operatori anche, ma questa era la vita o meglio questa era la sopravvivenza, aveva imparato a difendersi bene, molto bene, sapeva mollare calci e punti nei punti giusti e piazzava certi morsi che lasciavo segni indelebili...

Con il passare del tempo, intuì che la seduzione poteva essere un'arma incredibile, usava il suo corpo con destrezza, a volte in maniera inconsapevole a volte in maniera del tutto conscia, nonostante la sua giovane età era bravissimo.

All'età di 18 anni l'assistente sociale gli propose un corso oss, e gli venne assegnata una casa popolare... trovò anche lavoro in una cooperativa.

Il suo corpo... la sua storia.

Capitolo 2

La prima volta.

... Avevo 14 anni quando ebbi il mio primo rapporto sessuale... ora sono un uomo maturo e ho fatto del sesso un racconto, anzi una serie di racconti uniti in un'unica storia... un po' sconvolta dal punto di vista temporale, ma è stato necessario per confondere storie e persone.

Voglio raccontare le donne e la loro sessualità, ogni donna ha una sessualità diversa, ognuno la vive in maniera diversa... c'è chi la vive male, chi la vive bene, chi la vive senza... rendersi conto e c'è chi la vive e basta...

14 anni, magro, alto già almeno 1,70 tanti capelli a caschetto pochi peli sul petto, ma con una prospettiva travolgente... bastava guardare un po' più in basso... denti bianchi e abbronzatura quasi tribale... occhi castano verdi, grande proprietà di linguaggio, timidezza nascosta e tanta sfacciataggine per combatterla... il sesso in orfanotrofio era un argomento tabù, quindi dovevo scoprire tutto io, ebbi educazione rigida ma tanta ribellione nel sangue... questo è un piccolo antefatto.

LA PRIMA VOLTA...

Ero in Sicilia per le ferie estive, l'orfanotrofio aveva una sede a Catania, primi di agosto, già scuro e abbronzato per le partite disputate a torso nudo appena finita la scuola... mi facevo notare al lido Della Divina Provvidenza per la mia prestanza atletica, per la mia parlata in italiano e per un tocco di ambiguità che mi ha sempre accompagnato, non esagerato, accennato a volte di più a volte di meno...

in un luogo di machi questa situazione colpiva, interessava, ho sempre pensato fin da allora che l'organo sessuale più grande sia il cervello, questa non è una frase creata per giustificare dimensioni o altro... mi ritengo fortunato... in tal senso, normale ecco, ma penso veramente che l'eros sia pilotato dal cervello... la situazione era questa, eravamo un gruppo di ragazzi e ragazze dai 14 ai 25 anni circa... io ero il maschietto più piccolo di età, ed ero coccolato come un bimbo dalle ragazze più grandi, sembravo innocuo... quasi impacciato... e un po' giocavo a farlo...

Quel giorno, dopo pranzo si decise di giocare a carte sotto il pergolato in legno davanti alla cabina, io ho sempre odiato giocare a carte, non conosco nemmeno i simboli tutt'ora... comunque ero seduto con le gambe sotto il tavolo ovviamente in costume... due per lato, 4 maschi tutto ormoni che si sfidavano a scopa...

Ma qui avvenne la svolta della giornata e dell'estate...

La mia imbranataggine nel giocare a carte era ben chiara, quindi Ketty, di anni 14 anche lei ospite della Divina Provvidenza, si posizionò dietro di me per aiutarmi, lo disse a gran voce, parlava il siciliano. Quel giorno indossava un due pezzi azzurro chiaro, era alta circa un metro e cinquanta o poco più, capelli castani, occhi castani, labbra screpolate, con piccole spaccature come un albicocca spezzata, aveva due seni abbondanti, sodi e scolpiti, stretti in quel costume azzurro, la vita era stretta e i fianchi larghi, il pezzo di sotto del costume era tenuto su da due fiocchi che cadevano morbidi sulle cosce, non vi erano nodi, almeno così sembrava... nel suo insieme poteva sembrare una ragazza comune. come tante, carina certo, ma comune ecco, ma quello che la distingueva dalle altre ragazze, era l'innata sensualità nelle movenze... era fluida... i suoi movimenti partivano da lontano ma non erano pensati erano naturali, il seno si muoveva insieme al sedere, sodo tondo ondeggiando lentamente, senza alcuna volgarità... la camminata era maestosa, nonostante la piccola statura... come dicevo era posizionata dietro di me... proprio vicino, appoggiò i suoi gomiti sulle mie spalle, doveva guardare le carte... ogni tanto si muoveva e i suoi seni toccavano il mio collo e le mie spalle, il costume era di tela finissima, quasi carta velina e io sentivo il capezzolo turgido sopra di me, a volte mi sfiorava, a volte mi spingeva a volte stava fermo e puntava qualche mio muscolo... sentivo profumo di crema solare ma non solo, un odore acre riempì le mie narici, non capivo cosa fosse, ma questo profumo e lo struscio mi eccitarono violentemente... Ketty si sporgeva sempre di più. le sue braccia penetrarono il mio spazio vitale e guidarono le mie mani sopra le carte... sentivo anche il suo fiato delicato sulle mie orecchie, i suoi suggerimenti erano sussurrati, soffiati... brividi di piacere si impadronirono di me, mi voltai un po' e mi trovai faccia a faccia con lei... per un attimo, solo per un lungo attimo le nostre labbra si sfiorarono, la mia fortuna era che la tovaglia sul tavolo copriva tutto, odio quei costumi a slip, troppo stretti, troppo imbarazzanti... ora le sue braccia erano sotto le mie, quindi la sua testa era appoggiata sulla mia spalla, io non vedevo più nulla ormai, sapevo che il mare era a 20 metri da me, che era una giornata di sole e che il mio costume non reggeva più nulla... abbassai le braccia e inavvertitamente sfiorai le sue cosce, ritrassi la mano, ma dopo mi ricadde e la lasciai per qualche secondo in più... sentivo una pelle morbida e liscia, calda, poi la tolsi perché il gioco imponeva una mossa... stavo sudando, ma non solo io, sentivo il sudore di Ketty che scendeva nell'incavo del seno, mi sembrava di sentire lo scorrere delle gocce... e il loro infrangersi nel costume azzurro... non so quanto tempo passò, fortunatamente dopo almeno un'ora di dolce sofferenza, arrivò un mega gavettone da parte di almeno 6 fra ragazze e ragazzi, che infradiciò il tavolo e tutti noi, al getto ripetuto dell'acqua Ketty mi abbracciò da dietro per proteggermi, ero il più piccolo in fondo e quel seno bagnato aderì alla mia schiena come una figurina autoadesiva... ma altri gavettoni ci costrinsero a scappare e a tuffarci in mare... Ketty fuggiva dai gavettoni freddi io un po' meno, erano utili in quel momento...

Comunque il mare ci accolse fra le sue braccia e spense almeno in parte le mie erezioni incontrollabili... ma la giornata non finiva qua, oggi era un eros continuo... tutti insieme si decise di giocare ad un gioco che consisteva nel prendere una ragazza sulle spalle e poi fare battaglia, la coppia che rimane in piedi vince... io mi avvicinai a Ketty, la mia età era un ostacolo, ma il mio fisico era pronto a molte sfide, proprio a molte... immediatamente chiesi a Ketty di partecipare e lei non se lo fece dire due volte, mi tuffai in acqua prendendo le sue braccia e lei Sali sopra di me come una sirena... mi alzai, l'acqua mi arrivava alla vita o poco più su, temevo Ketty per le cosce, così si doveva fare per non cadere, la battaglia iniziò subito, tutti contro tutti, una coppia si buttò addosso a noi, ma Ketty afferrò la rivale per le braccia e immediatamente la buttò giù con gran sorpresa di tutti, un'altra coppia si avventò su di noi... ma le mie mani erano ben salde sulle cosce della mia compagna di lotta, andavo sempre più su, sfioravo il costume... ma la cosa che mi più mi accattivava era il contatto del suo costume sul mio collo, sentivo ad ogni movimento dovuto alla lotta, un turgore in crescita, e un lento dischiudersi... l'odore acre continuava a sentirsi nonostante l'acqua di mare, non capivo cosa fosse, ma ora ero concentrato sul suo seno che si appoggiava sulla mia testa, le sue mani durante le pause di lotta posizionavano sul mio petto ed io ondeggiavo la testa per godere di tutto questo, Ketty aveva capito che il piacere mio era dato da lei e non dalla probabile vittoria nella battaglia e ogni tanto stringeva le cosce attorno al collo e la sentivo fremere, tremare... le mie mani accarezzavano le cosce bagnate di acqua salata... e regalavano ad entrambi brividi divini... la battaglia si concluse con la nostra vittoria, la coppia più giovane in assoluto aveva trionfato, afferrai le cosce di Ketty dal basso e con foga la gettai in acqua, immediatamente mi tuffai anche io, volevo vedere il suo corpo immerso nel mare, il seno compresso nel costume azzurro, sembrava una barriera corallina, pronto per essere afferrato dalle mie mani tentacolari, nella concitazione del tuffo le nostre labbra si toccarono, ma l'acqua non si respira e prendemmo fiato respirando avidamente, senza mai staccare i nostri sguardi, ma il nostro trionfo doveva essere festeggiato, quindi il resto del gruppo si raccolse intorno a noi e ci portò festante al bar, mentre percorrevamo il tragitto la mia eccitazione si placò ma continuavo a guardare meravigliato i movimenti della mia compagna di lotta, i suoi seni, i suoi fianchi, i suoi occhi, la mia attrazione era totale, mi sembrava di sentire battere il suo cuore, mi sembrava di sentire il movimento del suo torace, volevo vedere con i suoi occhi, volevo essere l'aria che respirava... la sua camminata era una danza che invogliava all'accoppiamento, all'amplesso, il resto del mondo non si muoveva, vedevo solo la sua danza.

Purtroppo dovevo svegliarmi da questo stato di trans, altrimenti avrei rischiato veramente troppo. Al bar grandi hurrà accompagnarono la nostra coca cola, quattordici anni sono pochi per un Martini, ma un piccolo assaggio m'inorgoglì, facendomi girare un po' la testa.

La giornata passò, mi aspettava una notte di sogni e polluzioni, infatti, nel salutare Ketty un sussulto improvviso mi scosse, ormai avevo capito, che l'età dell'innocenza stava per passare definitivamente, o almeno io volevo questo, il mio desiderio era prorompente e devastante, tutto il mio corpo lo voleva e non solo, la mia mente era curiosa di nuove sensazioni di nuove emozioni, voleva conoscere nuovi sapori, nuovi traguardi, la mia timidezza poteva essere un ostacolo, ma l'istinto e la prorompente vitalità, accompagnati dalla prepotente voglia potevano regalare grandi sorprese.

Si avvicinava il ferragosto, la festa più bella da passare in spiaggia, i preparativi fremevano e non solo quelli, io e Ketty facevamo coppia quasi fissa, nel senso che si poteva stare insieme solo quando vi era tanta gente intorno, questa è la Sicilia o almeno questa era la Sicilia di molti anni fa.

Ma noi eravamo due calamite, i nostri sguardi s'incrociavano sempre, ogni occasione era buona per sfiorarsi, toccarsi, strusciarsi, la mia voglia era anche la sua voglia e lei non faceva nulla per nasconderlo, almeno ai mie occhi, ondeggiava, mi invitava, mi attirava a se con ogni scusa, mi guardava... e io immaginavo... immaginavo quello che non avevo mai fatto...

Un pomeriggio il sole batteva forte sulla sabbia e sul mare, quaranta gradi erano tutti presenti, nessuno si muoveva al lido era l'ora della pennichella o delle partite a carte sotto il pergolato, ma io oggi volevo andare oltre, e non solo io... Ketty mi passò accanto e lasciò cadere un pezzo di carta piegato in più parti, quando cadde vi misi un piede sopra per non farlo vedere ad altri, con il cuore in gola lo raccolsi e mi appartai un per leggerlo...

Vi era scritto in un italiano scorretto, "Ti aspetto alla fine dei lidi. Ketty", il coraggio che io non presi lo prese lei a quattro mani... però che forza quella ragazza...

Già alla sola lettura fui preso da una forte eccitazione, tutto il corpo fremeva, "Almeno un bacio almeno un bacio", gridavo dentro di me... percorsi il tragitto via spiaggia, spesso mi immergevo fino alla vita, troppo stretto il costume per contenere la mia prepotente voglia, mi immergevo quando incrociavo qualcuno, ma il caldo era veramente africano, pochissima la gente... tantissima la voglia.

Raggiunsi la fine dei lidi, zone di macchia mediterranea spiccavano fra la sabbia gialla, non mi fu difficile notare una macchia azzurra nel verde brillante, i piedi affondavano nella sabbia rovente, il terreno bruciava, le due di pomeriggio, sole a picco, luce intensa, voglia matta.

Ketty era davanti a me, meravigliosamente sensuale e felina, un grande sorriso mi accolse, senza una parola la abbracciai e la mia bocca fu subito sopra la sua che dischiuse... questo contatto mi fece contrarre l'addome, un grande fremito scosse tutto il mio corpo, eravamo in piedi, poca ombra intorno a noi ma nessuno a distrarci da questa situazione nuova e prorompente, le nostre lingue si attorcigliavano selvaggiamente, nessuno mi aveva mai detto come fare, ma due corpi frementi non hanno bisogno di istruzioni, labbra contro labbra, fiato dentro e fuori, torace contro i seni... i suoi capezzoli sembravano due piccoli vulcani sotto quel velo azzurro, la mie mani volevano carpirne i segreti ma non sapevo se potevo andare oltre, ma improvvisamente le sue mani scesero ed entrarono nel mio costume lasciandomi nudo e senza respiro... il mio membro pulsava fra le sue mani, che lentamente muoveva con un ritmo lento e regolare, le mie mani allora presero coraggio e strinsero i seni turgidi e sodi, la mia bocca abbandonò la sua e si impadronì dei capezzoli che si ingrossarono ancora di più... vedevo le sue mani che si muovevano, ma non vedevo altro, un odore acre invase le mie narici, mi inebriò, mi ubriacò, ebbro di questo profumo le mie mani scesero e in un attimo frugarono dentro il costume, non avevo mai toccato un pube di donna prima d'ora... morbido vello accolse le mie dita e un caldo umido mi sorprese non poco, sfilai il costume e mi chinai, solo allora capì cosa fosse il profumo acre, profumo di voglia, profumo di accoppiamento... il sole cadeva a picco su di noi, ma la frenesia era ormai parossistica, una piccola zona d'ombra sotto un cespuglio accolse i nostri corpi... il sudore, l'odore, il calore, il rumore del mare, il respiro del vento suonava fra gli aghi della macchia, fui sopra di lei in un attimo, la sabbia fu la nostra alcova, io non vedevo nulla, le nostre bocche erano un unico itinerario di piacere, Ketty divaricò le gambe... lentamente mi inarcai, lentamente alzai la mia testa, volevo vedere il suo viso... un calore immenso invase il mio bacino... sentivo un grande senso di potenza, il mio membro tentennò... non vedevo ma era pronto a violare il piccolo scrigno umido... una piccola spinta, un'altra ancora... e la sua voglia accolse la mia con un piccolo gemito di dolore e piacere, Ketty contrasse il suo corpo... ormai era mia... cominciai a muovermi lentamente, un colpo e un altro, non riuscì a tenere la mia linfa, il mio membro uscì da lei e inondo il suo addome del mio seme caldo e abbondante, il mio piacere fu immenso, la schiena si piegò il mio membro continuava a contrarsi ritmicamente sembrava non finisse più, urlai dal piacere, il mio urlo fece volare un gabbiano in alto nel cielo, come il mio piacere, che raggiunse il culmine quando mi appoggiai nuovamente a Ketty. La pausa fu brevissima... in un attimo fui di nuovo dentro di lei, mi accolse ancora più vogliosa, mi muovevo, mi insinuavo fra le sue voglie, vedevo il suo viso stupirsi di tale situazione, le nostre labbra si sfioravano, le nostre lingue si cercavano, Ketty sotto di me fremeva, la sentivo gemere, scivolavo senza ostacoli fra le sue dune del piacere, l'eccitazione era massima, non mi fermavo, non capivo più che cosa fossi o chi fossi, godevo e basta, eravamo ormai un corpo solo, uniti da fluidi e carne, le mie mani toccavano le sue gambe, i suoi seni, si insinuarono fra i suoi glutei, toccarono le labbra che accoglievano il mio membro, a questo contatto, un sussulto di Ketty mi spinse a continuare, toccavo senza sapere dove toccare, ma i suoi gemiti mi guidarono, era umido, splendidamente caldo e profumato... un urlo più lungo... un altro ancora e Ketty si contrasse in un piacere sublime, lunghissimo, mai provato, sentivo un richiamo, il mio membro era posseduto da lei, ora erano le sue contrazioni a guidare i miei movimenti, sentivo un abbraccio caldo attorno al mio membro, anche io stavo per venire per la seconda volta, la totale inesperienza non mi permetteva di capire quando e come fermarmi... grande sussulto, enorme piacere, senza uscire da lei svuotai tutta la mia voglia... l'attrito che prima non provai, sconvolse i miei sensi, lunghe, lunghissime contrazioni e scosse elettriche accompagnarono i miei gemiti, soffocati da un intensissimo bacio... la sabbia era ovunque, il sudore la faceva appiccicare... ci abbandonammo al sole d'Agosto, quasi svenuti per il piacere nuovo e mai provato, il sole fu testimone dell'amplesso, il vento ci fu complice nel portare lontano i gemiti lussuriosi...

Il mare rinvigorì i nostri corpi con la sua frescura, nuotammo a lungo sott'acqua, nascosti dal sole, un po' ci vergognavamo, rubammo ancora un lungo bacio prima di rientrare fra la gente.

Tornai tranquillo al lido. Un po' più uomo forse, ma sorpreso dalla meraviglia della fisicità.

Capitolo 3

... Ero in ospedale, assistenza privata, si deve pur vivere in qualche modo.

Al tempo ero un operatore socio sanitario, questo mi permetteva di vivere in un gran momento di crisi.

Assistevo una piccola vecchietta, Efisia, di 93 anni, tutta pelle e ossa, una pelle trasparente come carta velina, bianca con tutte le vene azzurre in piena evidenza, rannicchiata in posizione fetale e coperta, nonostante il gran caldo e l'umidità assillante.

Una stanza di un ospedale tre letti ma due pazienti, il letto in mezzo vuoto, come le mie tasche, l'altro letto occupato da un'altra vecchina ottuagenaria, attaccata all'ossigeno, respirava a fatica, ed era sola, mai nessuno accanto a lei.

Io ero sistemato in una sedia a sdraio, accanto alla mia vecchina, pantaloncini corti, appena sopra il ginocchio, grigio scuro, sandali e camicia aperta, che metteva in evidenza torace e peli scuri, abbigliamento poco consono alla situazione, ma il caldo era veramente opprimente, l'umidità faceva attaccare tutto alla pelle, anche l'aria stessa sembrava pesare addosso... che palle, trenta anni, quindici agosto, zero vita...

Erano circa le ventidue, quando un cicaleccio di voci, ruppe il torpore della corsia, l'ora del cambio turno, tutto buio intorno, ma voci e piccole risate lontane e passi di scarpe con tacchi... immaginavo le gambe che muovevano quelle calzature, gambe di donna, sensuali, lunghe, sode e muscolose, accuratamente depilate e colorite dal sole estivo, m'inebriavo del profumo dolciastro misto a sudore, vedevo il muscolo muoversi, contrarsi, sentivo le goccioline di sudore che scendevano dalla coscia, più coperta e quindi più calda... volevo andare ancora più in su, il pensiero vola in fretta, ma Efisia cominciò a tossicchiare e il mio sogno si interruppe, meglio così comunque, avevo fame, troppa fame e non di pane, meglio non mettere troppa "carne" sotto i pensieri.

Falso allarme, Efisia riprese a dormire della grossa e i miei pensieri ripresero, ma un'insistente camminata proveniente da lontano attrasse la mia attenzione, tesi l'orecchio... tic tac, tic tac, tic tac... sempre meno eco, sempre più vicino, finché dall'uscio che dava in corridoio apparve una donna, almeno così mi parve, era tutto buio, le luci del corridoio erano spente, io pensai che fosse l'infermiera che faceva il solito giro, ma il rumore di tacchi? E poi senza carrello?

Non era mica lei... ma chi era?

"Buonaseraaa, come va? Eccomi Antonello, sono arrivata... grazie... avevo proprio bisogno di qualche soldino...".

Incredibile, ma vero, da tre a quattro in una stanza, il quindici di agosto, quasi duecento anni di vita in una stanza d'ospedale.

Cristina, una mia vecchia fiamma, sempre in cerca di qualcosa... un lavoro... un viaggio... sapevo che era in ristrettezze economiche, quindi appena saputo che la figlia della signora Filippa cercava un'assistenza mi feci avanti, almeno per avere una compagnia di pari età.

Ciao Cristina accomodati, la signora Filippa è nel letto accanto alla finestra, (il mio tono fu formale, sapevo che ora era fidanzata).

La lasciai entrare, mi passò vicinissimo... immediatamente il mio torpore si destò... lei allungò la gamba per muovere un passo, nel buio, vidi la sua forma, tondetta, fianchi larghi, capelli lunghi, non vedevo altro, era troppo buio, però annusai l'aria, il profumo di donna è inconfondibile... specie d'estate, il profumo di pelle lavata di fresco, intaccata dal sudore e dal sapone, un misto di dolcezza e acidità inebriante, immancabile l'odore acre del sudore, impercettibile quasi ma presente con tutta la sua sensualità arcaica, ogni donna ha un profumo speciale e personale, se si fa attenzione si possono capire molte cose dal profumo... se è calma o se è agitata o se è eccitata... l'eccitazione ha un profumo tutto suo... agrodolce, aspro, ma incredibilmente buono, specialmente d'estate dove lo sfregamento delle cosce crea un calore vivo che rende il tutto ancora più godibile...

Dovevo vederla, anche se conoscevo gran parte dei suoi segreti, il profumo era buono, ma io volevo vederla, allora mi alzai di corsa e accesi la luce.

Era accanto alla sua assistita, si sorprese per l'accensione, rimasi divertito dal suo sguardo basito, aveva gli occhi grandi, viso paffuto, guance sode e alte, ciglia lunghissime, carnagione scurissima, abbronzata e lucida, labbra carnose, spesse come due lembi di albicocca, appena spaccati in centro, rosse come ciliegie, si intravedevano denti bianchissimi, indossava un abito colorato a fiori, stretto in vita e appena sopra il ginocchio, come i miei calzoni, aveva accanto a se una borsa, sembrava piena, ero curioso, mi avvicinai e immediatamente le nostre mani si strinsero, che pelle morbida, nessun callo sul palmo, unghie colorate di rosso... un leggero velo di sudore scivolò sulle mie dita...

Che bella sensazione umida e calda, tornai al mio posto e mi accomodai nella sedia a sdraio... dopo aver spento la luce... la stanza era completamente buia, io la vedevo stagliata sulla finestra, con il suo vestito morbido, vedevo tutta la sua forma, ovattata da quel tessuto, improvvisamente, sicura dell'oscurità le sue mani si abbassarono e sfilarono il vestito dall'alto, incredibile, la luce della luna mi permetteva di vedere molte cose, si girò di profilo e vidi un seno alto, molto alto, sorretto da un reggiseno che proiettava il tutto quasi fino al mento, bellissimo, la vita era stretta e i fianchi larghi, si intravedeva la sagoma degli slip, sicuramente scuri e probabilmente ricchi di pizzo, allargò un po' le cosce e vidi il cielo fra i due arti... una piccola fessura di cielo, poi si chinò e prese qualcosa dalla borsa, era un camice, che indossò con calma estrema, ma sotto di esso solo biancheria intima e profumo di donna, i miei ormoni risposero immediatamente a questa inaspettata sorpresa e le mie mani si portarono in basso quasi per calmare la situazione, sicuro, almeno così pensavo di non essere visto, coperto dal buio e dal letto, mi chiedevo se anche lei percepiva il mio odore e la mia eccitazione, la mia fame arretrata doveva emettere un profumo incredibilmente forte... allargai le gambe sulla sedia, volevo arrivare a lei con le mie molecole, almeno quello...

La sua voce interruppe il silenzio, "Antonio, mi dai una mano a girarla, da sola non riesco?", "Certo" risposi io, mi alzi di corsa e accesi la luce, queste cose vanno fatte bene, mi avvicinai e Cristina era già in posizione per girare l'ottuagenaria, quindi io essendo più alto, vidi un panorama del tutto inaspettato, il seno era stretto da un reggiseno a corpetto che stringeva le due ghiandole insieme, formando una piega strettissima, nera e misteriosa, il corpetto era nero, come il pizzo che lo adornava, aveva solo il camice indosso oltre la biancheria, quell'incavo mi eccitò ancora di più... avrei messo tutto... me stesso in quella fessura, i due capezzolo si stagliavano come piccoli vulcano attivi, si chinò ancora e potei vedere anche il bacino e l'ombra dello slip nero, si vedeva che i miei occhi erano caduti sul décolleté, ma Cristina non si copriva, non era affatto imbarazzata, anzi, la sua mano si portò al collo, che chinò lievemente da un lato, un'ondata di profumo m'invase... i miei gesti erano automatici, muovevo l'ottuagenaria, ma i miei occhi erano solo per Cristina e il suo corpo...

Finito il cambio, tornai alla mia sedia e Cristina prese dall'armadio la sua brandina, che posizionò ai piedi del letto di Filippa, il caldo era pesante, nessun lenzuolo a coprirla, si coricò lentamente, gustando la posizione, purtroppo era buio e io potevo solo immaginare, immaginare. Immaginare... ma la fortuna mi venne incontro, un temporale lontano, probabilmente fece cadere la corrente, quindi una luce di emergenza in corridoio si accese, vicino a noi, il fascio di luce tenue invase la stanza ed illuminò parzialmente Cristina, vedevo le sue gambe, scoperte fino al ginocchio, i suoi piedi nudi, ed il camice largo e quasi del tutto sbottonato... il caldo, pensavo io il caldo... io sbottonai ancora qualche bottone della mia camicia, ero sudato, accaldato eccitato...

Nessuno in corridoio, nessun campanello a turbare la notte... tutto taceva, anche le nostre due vecchiette... potevo dormire, forse... ma non avevo sonno, ero troppo eccitato, oltre che accaldato... mi muovevo nervosamente sulla mia sedia, volevo forse attrarre l'attenzione... mi alzai per andare in bagno e distrarmi un po' mi lavai distrattamente il collo con acqua fresca e rientrai, ma posizionai la sedia in modo diverso, volevo vedere bene Cristina... e lei questo lo notò, ma la cosa a me piaceva, volevo che sapesse che la guardavo, volevo il suo imbarazzo ora, almeno quello, ma lei mi sorprese nuovamente... la sua mano scivolò dal basso verso l'alto, dal ginocchio in su, saliva lentamente e poi si posizionò sotto il camice, vicino all'inguine... la sua mano si muoveva lentamente, molto lentamente, "Ma cosa sta facendo...", pensai intensamente... anche l'altra mano si mosse e lentamente si posizionò vicino all'altra, le sue gambe si aprirono un po', forse nel tentativo di accogliere le dita... io non credevo a quello che vedevo... era un sogno? Cristina conosceva bene i miei desideri... ma in ospedale? Io adoro giocare, quindi con calma posizionai la mia sedia a sdraio in un punto toccato dalla luce, dalla vita in giù ero diffusamente illuminato... sbottonai la cintura, ed il primo bottone, da coricati così si è più comodi e le mie mani si posizionarono sugli inguini dopo aver divaricato un po' le gambe, poi salirono e si introdussero fra i peli del petto, poi scesero nuovamente e si sistemarono sulla patta, ormai gonfia, visibilmente gonfia...

Cristina divaricò ancora le gambe... e piegò le ginocchia, il camice si aprì, lei girò il viso da un lato, sembrava dormire, ma le sue mani si muovevano, su e giù, notai che le dita toccavano qualcosa di scuro, ma sollevato dal corpo... gli slip non erano più addosso, erano i peli pubici che si sollevavano come una piccola foresta, calda e umida, che nascondeva una caverna vogliosa, io non credevo a tutto questo, quando aveva tolto gli slip? Ma era tutto vero? Questa era la vera Cristina...

Io stetti al gioco, nessun rumore attorno... aprii lentamente la mia cerniera e abbassai lentamente, di poco i pantaloni, senza esibire nulla però.

Tutto tacque per almeno dieci minuti, Cristina era immobile da tutto quel tempo. Ma la mia eccitazione non si era quietata... chiusi gli occhi... sentii Cristina che si muoveva dalla branda, rimasi immobile, finsi di dormire, non volevo nascondere la mia eccitazione, proprio no e girai la testa da un lato... una piccola ventata di profumo mi arrivò alle narici, senti le mani sui miei boxer... che si sollevarono e si abbassarono d'improvviso e una piacevole sensazione calda e umida avvinghiò il mio membro... era Cristina, che in un momento aveva liberato il mio sesso dalla sua stretta custodia e l'aveva fatto suo, senza timore alcuno, vedevo la sua testa che si muoveva su e giù nella penombra regalandomi scosse elettriche magnifiche ed incredibilmente dolci, mi abbandonai a quell'estasi per un solo istante, poi presi la testa e accompagnai i movimenti che erano accompagnati da gemiti di piacere non solo miei. Io non credevo a tutto questo, ma non mi importava, non facevo sesso da troppo tempo, nessun perché, volevo solo il mio piacere, mi contraevo sulla sdraio, le mie mani abbandonarono la sua testa e abbassarono completamente i calzoncini, mi alzai e mi appoggiai al muro, in un luogo non toccato dalla luce, ero in piedi, imperiosamente eccitato, Cristina non mollò la presa, era china sotto di me, continuava il suo movimento che ora era accompagnato anche dalle mani che afferravano il pene dalla base e andavano su e giù, umettato dalla sua bocca che ormai aveva baciato e continuava a bagnare ogni centimetro del mio membro, mi toccava i glutei, li graffiava, poi cominciò a mordere la pelle, regalandomi un dolore

piacevolissimo, poi la sua lingua lentamente saliva e scendeva in tutta la lunghezza della mia erezione, non tralasciando i testicolo, gonfi e pronti al loro compito... d'improvviso si alzò, prese le mie mani e le portò sulla sua vulva, aprendo le gambe per facilitare la mia azione, un odore acre mi toccò le narici e le mie dita penetrarono la caverna nascosta dal bosco di peli, scivolavano dentro inebriandosi di quella umidità. Cristina mi baciò avidamente le labbra, ma poi si spostò e mi morse la spalla. il dolore fece fremere le mie mani che a sua volta fecero sussultare Cristina, allora io mi feci più violento e strinsi con una mano il seno e con l'altra continuavo a frugare dentro di lei, questa cosa le piaceva assai e anche a me, una sua mano prese il mio pene e cominciò ad andare su e giù, ma con estrema calma... eravamo in un angolo della stanza, le due vecchiette dormivano e nessuno nel corridoio... il temporale si avvicinò e scatenò la sua ira sopra l'edificio, ora anche la luce d'emergenza era spenta, solo i lampi illuminavano a tratti i nostri corpi seminudi...
Presi Cristina per le spalle, la girai e appoggiai il suo corpo al muro, schiacciando un po' la schiena per avere meglio disposizione il bacino fremente, sollevai il camice, le mie dita cercarono la caverna e in un attimo le fui dentro con una furia primitiva, nessun ostacolo, entrai immediatamente, provando una sensazione di possesso che mi eccitava ancora di più, mi muovevo, incurante del rumore provocato dai due corpi e dall'umidità, lei gemeva e godeva, non mi impediva nulla, come ai vecchi tempi del resto, ma qui la situazione era diversa, non eravamo soli eravamo coperti solo dal buio... abbassai ancora di più i calzoncini ed i boxer fino alle caviglie e sbottonai la camicia, la mia foga era forte, il ritmo ed il rumore si fecero incalzanti, le mie

mani afferrarono le natiche e aprirono dal basso le due metà per permettere una penetrazione profonda... continuavo a muovermi incurante del fatto che si accese la luce nel corridoio, quando mi resi conto di ciò il mio ritmo si fece lento, ma regolare, sentivo dei passi avvicinarsi... passi morbidi, silenziosi, sicuramente era l'infermiera che faceva un giro di controllo... misi una mano sulla bocca di Cristina, la schiacciai contro il muro... eravamo in un angolo buio... vidi la testa dell'infermiera superare l'uscio... guardava avanti, io mi fermai ma non uscii dal corpo di Cristina, sentivo i nostri cuori battere all'impazzata, la paura era tantissima, ma sentivo l'eccitazione della mia compagna crescere, nuova linfa irrorò la sua caverna dolcissima, la sentivo scorrere sul mio membro fino al basso, la cosa mi infiammò ulteriormente, anche se fermo, sentivo pulsare il mio organo sessuale, come una stella impazzita, stavo quasi per riversare tutto il mio piacere... l'infermiera guardava avanti... non si girò, uscì dalla stanza, sentimmo i suoi passi allontanarsi... allora Cristina cominciò a mordicchiare la mia mano che copriva la sua bocca, mordeva e leccava le dita, io ripresi a muovermi, ma dovevo fermarmi o scoppiavo... uscii da lei e la mia bocca cominciò a baciare le sue spalle, ad ogni bacio la sua schiena si inarcava facendomi rientrare in lei... che dolce tormento... poi mi abbassai e cominciai a baciare le natiche, e poi più giù, sempre più in profondità... le mie dita accompagnavano le mie labbra... sapevo perfettamente cosa piaceva a Cristina, ma qui dovevamo accontentarci di questo... non potevo soddisfare i suoi desideri più nascosti, non qui, non qui...

Una sedia ci accolse, io mi sedetti e lei lo fece sopra di me, ero completamente dentro di lei, il suo seno era a portata della mia bocca, ora era lei che teneva il ritmo, era lei che conduceva il gioco, si muoveva con estrema lentezza, assaporava ogni centimetro, ogni lato del mio membro, le sue mani si portarono in basso, voleva ancora di più, come sempre, comincio a massaggiarsi il pube, mentre le mie mani solleticavano l'ingresso della caverna... il sudore faceva scivolare corpi e anime verso il piacere irriducibile, sentivo il mio addome contrarsi, stringersi, sentivo il suo piacere aumentare... su e giù in un vortice di baci e scosse elettriche. Cristina inarcò la schiena, stava per raggiungere il suo massimo piacere, le mie mani strinsero i seni e la mia bocca mordicchiava i capezzoli... si irrigidì, anche io stavo per esplodere, le nostre bocche si unirono, lei cominciò a gemere e a muovere il bacino, questo mi regalò un piacere immenso e non mi trattenni più... ci avvinghiammo, le nostre braccia strinsero i corpi altri, le nostre bocche unite coprirono i gemiti di piacere, fummo travolti da un orgasmo incredibilmente forte e lungo, dolcissimo più volte contrassi i miei muscoli per compiere il mio atto eiaculatorio... fummo invasi da umori corporali... i nostri respiri, prima concitati, si placarono con calma, restammo così uniti, per molto tempo, finché la naturale quiescenza mi costrinse ad uscire dal suo corpo...

Ero seduto su una sedia d'ospedale, con i calzoncini abbassati fino alle caviglie... e con una donna in camice bianco senza nulla sotto...

Cristina, splendida amante...

Che notte... indimenticabile...

Capitolo 4

... Notte d'agosto in casa di riposo, la mia libera professione mi portava un po' ovunque, in quella casa di riposo avevo già lavorato in passato, il lavoro di notte non era nemmeno pesantissimo, di pesante vi era un collega, Iuri, sempre pronto a fare battute fuori luogo, a parlare a vanvera e fare il bulletto da 4 soldi, era evidente che nascondeva un grosso disagio, ma io non avevo voglia di discutere con chi non vuol sentire, quindi in passato, andai via, il lavoro non mancava, potevo gestire molto di esso.

Ora ero tornato, l'orario mi faceva comodo e anche il fatto che spesso la tranquillità regnava sovrana, specialmente d'estate, quando il caldo ipotendeva gli ospiti e nessuno fiatava.

... Però dovevo fare 4 notti con Iuri e questo voleva dire non poter sedersi nemmeno un attimo, troppa attività in quel cervello sofferente, quindi i casi erano due, o litigavo e lo stendevo, ma le energie mancavano o cercavo di affrontare le situazione con tutti i mezzi possibili, mi giovavo due notti, ma ne salvavo altre due.

L'orario era dalle 20,00 alle 08,00. Dodici ore di sofferenza estrema.

Arrivai 15 minuti prima, non mi andava di cambiarmi con lui, dovevo strutturare una strategia, ma per fare ciò dovevo prima capire il suo stato d'animo... e che palle, anche lo psicologo da Novella 2000 mi toccava di fare.

Presi la consegna, solo sei ospiti. la notte si prospettava tranquilla, ma da lontano si sentivano già le urla di Iuri che salutava calorosamente, troppo calorosamente i colleghi smontanti turno.

La sua voce vagamente stridula faceva eco nel corridoio antico, stonava con quel bell'edificio, sembrava un punteruolo che cercava di scalfire il muro, senza successo, come la sua vita, l'unico effetto qualche fastidio in più per me e per gli ospiti. si presentò in infermeria con la sua divisa bianca, con qualche tentativo di stiratura rimasto nel ferro, decine di penne, matite e forbici nel taschino, un cellulare grosso come una cabina, una ventiquattro ore piena di tristezza e null'altro.

Da poco aveva iniziato una dieta, quindi in un'altra borsa aveva degli snack della linea, barrette insipide. come il suo tentativo di vita.

Pensavo male, non dovevo pensare così, in fondo aveva solo 25 anni e io trentuno un tentativo di dialogo dovevo almeno provarlo.

Iuri aprì la sua borsa piena di nulla, ma questa volta qualcosa c'era, una agenda di vera finta pelle di colore marrone cacca, che fa molto avvocato d'ufficio e una penna bic, nera come il suo vero umore, lo guardavo di sfuggita, alzando gli occhi da un libro che non avevo nemmeno voglia di leggere, muoveva nervosamente le gambe, contava, contava, guardava lo specchietto dei turni e contava e imprecava in silenzio, mi stavo anche divertendo, lui sapeva che con me non poteva esagerare, un vaffanculo ben dato lo zittiva e lo ridimensionava, ma questa notte, volevo scandagliare il suo pensiero, era più agitato del solito, poteva essere pericoloso per se per me e per gli ospiti.

Faceva dei calcoli, li rifaceva, si sentiva già un lieve odore di sudore, lui si lavava ma non usava ne deodoranti ne profumi, per lui erano cose da femminucce, un po' come la sua voce, gli dissi in passato, ecco perché con me parlava a bassa voce, poveretto, l'avevo offeso veramente quella volta...

Aveva gli occhi lucidi, le gambe in continuo movimento e le calze bucate.

Dovevo farmi avanti, ora o mai più, anche perché l'effetto sorpresa giocava a mio favore.

"Tutto bene?", al suono della mia voce sussultò, avevo visto bene, non si aspettava una mossa del genere, "Sì tutto bene", mi rispose e io ribattei con calma serafica, "Chissà quando va male come stai allora...", colpito ed affondato, in realtà non volevo fargli del male, proprio no, volevo capire, teneva lo sguardo basso, sapeva che lo guardavo, provavo un sentimento di tenerezza adesso, che stranezza, "Dai dimmi, sono qua, ti ascolto", continuai io, il mio ritmo incalzante lo schiacciava ancora di più contro la sua agenda... "Allora dai non ho mica tempo da perdere," ... Silenzio lungo spezzato solo dall'aria che usciva dal suo naso, fischiando un po' era sempre più sudato e accaldato... poi, "Antonello... devo chiederti un favore... potresti, se vuoi e se non ti dà troppo disturbo, regalarmi una reperibilità? La capa me ne ha tolta una... e io volevo farla... perché quel giorno ero libero... potevo farla... sai, non mi pesava... ", "Prendila pure," risposi risoluto e deciso, "Sì, prendila pure, segnala subito prima che cambi idea... sbrigati.", immediatamente si precipitò a prendere la modulistica per sistemare le cose, firmò e mise subito a posto e poi senza guardarmi disse a voce bassa, "Grazie...", "Guarda che non sono un mostro puoi anche dirmi se c'è qualcosa che non va, basta che non urli chiaro?", anche questa mossa affondò la lama in un cervello martoriato, i suoi occhi brillavano, stavano per esplodere, era evidente come la luna che si intravedeva dalla finestra, si tratteneva a stento. infatti esattamente dopo cinque secondi si mise la mani al volto e iniziò a singhiozzare, vani i suoi tentativi di coprire goffi di coprirsi, non volevo creare quella reazione, ma ormai la situazione era questa, e dovevo giocarmela fino in fondo. "Sono qui...".

Iuri iniziò... "Sono pieno di rate, sono prigioniero, una reperibilità tolta vuol dire una rata del cellulare che andrà in protesto, una notte in meno è mezza rata del videoregistratore... questo mese è un macello, non so come fare, ho sistemato una rata, ma il resto è un pasticcio...", il suo pianto mi stupì, era vero era sincero, e la cosa che più mi stupiva era il suo sfogo con me, proprio con me... comunque ora non era il momento di avere queste risposte, la mia reazione fu immediata e repentina, avevo appena prelevato 500 mila lire al bancomat, al tempo lo usavo poco per la spesa, prelevavo e usavo i contanti, andai vicino a lui, con calma, estrassi il portafoglio e con gli porsi i soldi dicendo "Puoi restituirmeli entro un anno, se non bastano fammi sapere." Iuri alzò gli occhi dalla scrivania e guardò me, basito, poi prese i soldi e li contò lentamente... "Un anno?", "Se vuoi anche due." "No... riesco, riesco... ma perché, perché lo fai...", "Perché no?" risposi io, si alzò con impeto, voleva abbracciarmi, ma desistette, mi conosceva meglio di quanto io pensassi, continuò a piangere ancora un po' poi riprese a parlare... e le sue parole e la sua sincerità mi stupirono nuovamente. "Ho sempre ammirato la tua libertà, il tuo saper dire di no a tutti e di sì a tutti, anche alla capa, la tua fermezza e disponibilità, sempre coerente, sempre te stesso, sempre distante da tutti, ma disponibile come ora... come fai, come fai... ma questo non è tutto, assolutamente no... devo dirti dell'altro...", cominciavo ad essere turbato, forse ero andato oltre, non volevo ma ormai... Iuri proseguì... " ... Ormai posso dirtelo, ma forse l'hai capito da tempo... io desidero possederti e voglio essere posseduto da te, ti desidero, desidero il tuo corpo con tutto me stesso, è un desiderio che non provo per tutti gli uomini, ma solo per pochi e tu sei uno di questi, non capisco il perché, non lo capisco, proprio no, ma è vero, ho sognato cose incredibili, amplessi pazzeschi, lotte, baci, possessioni e altro ancora che preferisco non dire...", e scoppiò nuovamente in pianto dirotto, senza protezione alcuna, un pianto liberatorio, per lui sicuramente, ma che caricava me di un senso di imbarazzo, che riuscivo a nascondere bene... rimasi in silenzio per un po' nel frattempo il suo pianto scemò. Io mi alzai, e con uno sforzo enorme, veramente enorme, mi avvicinai a lui, di spalle, lo abbracciai, appoggiando tutto il mio corpo a lui, le divise sono sottili, volevo fare capire che la mia eccitazione era pari a zero, ma volevo comunque dargli un contatto fisico, lo circondai con le braccia attorno al petto, la sua statura me lo permetteva, "Vedi, Iuri, la possessione è una questione di testa, in questo momento potrei farti di tutto, proprio tutto, ma il mio resistere a questo è già possessione, difficile da capire, ma bellissimo da fare, tu sei attratto dalla personalità, non dal fisico, il fisico è un mezzo per possedere ma non è l'unico", in realtà mi sentivo bene, forte potente, una sensazione forte, molto forte, un gran calore mi invase, partì dallo stomaco e si diffuse ovunque, la mia mano si portò sulla sua fronte, e anche lui disse, "Ma sei caldissimo, sei un fuoco, ma cosa succede", "Questa è possessione, le parole non servono", rimanemmo così per molti minuti, il calore era fortissimo, non sudavo ma bruciavo veramente, la percezione era quella di un passaggio di energia... inizialmente il suo corpo tremava, mi sembrava di sentire le vibrazioni dei suoi muscoli, addirittura il rumore del movimento, un odore mai sentito prima o forse un odore che non ricordavo, invase le mie narici, un odore dolciastro e di fuga, come quando si corre a perdifiato in un campo di erba tagliata di fresco, ma qui l'odore era più umano, odore di paura, la cosa strana era che mi sembrava di percepire anche il movimento dei suoi pensieri, che vagavano in un buio assoluto, strisciavano fra di loro a volte cozzavano provocando piccole scintille che sfarfallavano via inseguendosi, nero e buio, nero e buio, grande vuoto, grande paura, ma la paura era sua o mia... e questo odore cosa era... respirai profondamente senza perdere la calma, il calore aumentava ma mi sentivo comunque ancora presente, ma stavo cedendo, stavo respirando troppa paura o troppa possessione, finalmente si calmò e si rilassò... io mi sentivo sempre più stanco, sempre più caldo, ad un certo punto mi staccai e dovetti sedermi, mantenendo comunque un certo contegno, ma mi sentivo svuotato di qualcosa... sensazione che provai in passato, ma che avevo dimenticato, o che forse avevo rimosso, queste cose fanno paura, vedevo tutto nero e dei pallini di luce mi riempivano lo sguardo, anche se tenevo gli occhi chiusi... Iuri non si accorse di questo, e nei fui contento, ero stordito, l'odore era ancora presente ma stava sparendo lentamente e veniva sostituito dall'odore classico di sudore, acido, ma fresco appena espulso dalle ghiandole, le goccioline imperlavano la mia fronte, Iuri era seduto a qualche metro da me, era tranquillo, non mi guardava ancora mi dava le spalle, meglio così, mi ripresi lentamente, mi sentivo come dopo una corsa, una corsa sfrenata dentro pensieri che non capivo, pensieri disordinati, mi tremavano le gambe e un leggero senso di nausea mi colse, cosa era successo? Perché io mi sentivo così, perché Iuri sembrava tranquillo, mi alzai per distogliermi da questa situazione, volevo tornare padrone di me, mi chiedevo che odore avesse la paura e che odore avesse il possesso, "Ci facciamo un tè?", "Sì va bene." Iuri si girò si muoveva al rallentatore, o meglio erano i miei pensieri troppo veloci, le mie percezioni troppo sottili e penetranti, non lo vedevo ma sapevo che c'era, non lo sentivo ma la sua voce vibrava e lo capivo, "*Basta, basta,* mi ordinai da solo, *basta, non voglio più, non voglio più, devo tornare uomo, devo tornare uomo, devo tornare animale su questa terra*", rumore, rumore, risate, pianti e odore, poi tornai a percepire tutto come prima, non avevo perso la calma, quella no. Un tè caldo, in perfetto silenzio mi fece stare meglio...

L'esperienza mi spaventò non poco, il resto della notte fu tranquilla, Iuri si abbandonò su una sedia e dormì per gran parte del tempo che rimaneva per concludere il turno, io non volevo pormi domande, volevo distrarmi e basta.

Il turno si concluse, Iuri volle offrirmi la colazione al bar, ora i soldini li aveva, lo lasciai fare, aveva bisogno di questo, le altre notti passarono serene, mi raccontò di lui e della sua vita, delle sue esperienze sessuali e del suo sogno, avere dei bambini, ma mi confessò che era sterile e che per questo motivo non si avvicinava alle ragazze, anche se aveva una gran simpatia verso una certa Giusy, una collega del piano di sopra... "E osare?", replicai io.

Mi restituì i soldi in appena tre mesi e imparò che l'apparenza a volte non serve, almeno così mi disse.

Ora convive con Giusy, forse adotteranno un bambino dopo il loro matrimonio.

Io ho imparato a mantenere ancora di più le distanze dagli uomini, non da tutti certo, ma l'abbraccio è sempre virtuale, non mai capito cosa accadde quella notte... possessione, possesso... non vi è stato sesso, non lo volevo proprio, con le donne questa cosa non mi è mai accaduta forse perché il possesso era fisico e la mente giocava un ruolo importante ma non fondamentale.

Non ho mai più abbracciato un uomo.

Capitolo 5

... Tornavo dalle vacanze, un lungo mese passato al mare, era da anni che facevo una vacanza così lunga, una serie di circostanze mi aveva portato in Sicilia, godetti di quella terra e di quel mare fino in fondo, la mia pelle era bronzea, i miei occhi verdi sembrava no olive incastonate in un viso selvaggio, antico, primitivo.

Volevo portare le foto a sviluppare prima del mio rientro al lavoro, posti stupendi, ricordi bellissimi...

Entrai nel negozio e attesi la commessa... quando questa entrò e si mise dietro il bancone, rimasi basito "Silvia, ma sei proprio tu?", "Antonello... ciao... sì... sono io, la tua Silvietta...", un'ondata di ricordi mi investì, Silvia fu la ragazza che mi fece divertire di più in assoluto, quando stavamo insieme, lei studiava all'accademia d'arte... spesso mi prestai come modello, spesso, anzi spessissimo il mio corpo fu oggetto di... studio... di osservazione... di... misurazione e comparazione... lei era una studiosa molto attenta, molto precisa, ho ancora adesso un quadro che mi ritrae poco vestito, coperto dai rami di un albero, mentre ero intento nella caccia al leone, da uomo primitivo, armato solo di una lancia e della mia potenza fisica, lunghe ore in posa... nudo... davanti a lei e a volte non solo davanti a lei, alcune sue amiche cercavano modelli e io mi... prestavo volentieri... venivo addirittura pagato a volte per mostrare solo il mio corpo... aaaaa quanti ricordi... io la chiamavo Silvietta perché era ed è tutt'ora, minuta, piccola, ma meravigliosamente proporzionata, i suoi capelli scuri ondeggiano morbidamente oltre le spalle e qualche ciocca nervosa cade davanti agli occhi, nascondendo per qualche interminabile secondo il suo sguardo accattivante e osservatorio, i suoi grandi occhi nocciola, scrutano i contorni, ma poi penetrano in profondità e scavano dentro i pensieri, infatti a volte, dopo ore nella stessa posa, il quadro risultava in altro modo... "Io ti vedevo così", diceva... certo questa era ribellione e libertà... Una volta posai in costume, e mi ritrasse nudo, una volta posai nudo e mi ritrasse completamente vestito... "Oggi non sei nudo, sei fin troppo coperto," non ho mai ben capito questo suo modo di fare, quello che capivo era il sesso che spesso accompagnava il dopo posa... era un artista anche nel fare sesso, si poneva dei limiti, che poi venivano infranti, era una continua evoluzione di stato d'essere.

"Hai finito i tuoi studi immagino," "Sì certo, sono anche stata all'estero e ora ho aperto questo negozio di fotografia, la mia seconda passione dopo la pittura, lo sai vero?", "Sì... ricordo, ricordo la tua passione nel cercare il particolare nell'insieme delle cose, un ago, un fiore... sì, ricordo bene."

Posai i miei rullini, gli ultimi ormai, stavano prendendo piede le fotocamere digitali, prodotto moderno, efficiente, esente da sprechi, ma che rendeva la fotografia una cosa quantitativa e non qualitativa...

Silvia mi disse "Abbronzatissimo... ma nudo integrale, o no?", la domanda mi mise un po' in imbarazzo, ma lei era così, diretta, arrivava sempre al punto senza girare intorno, "No, non è nudo integrale, mi piace vedere il segno del costume, lo trovo eccitante...".

"Sì, potrebbe essere... senti, domani vado in montagna, devo scattare alcune foto per una pubblicità... sto anche lavorando per una ditta che produce coltelli e archi da collezione, mi faresti da modello? La tua abbronzatura potrebbe risultare una... arma in più... ti immagino già con... l'arco in mano, pronto a scoccare la freccia... in mezzo al bosco... allora ci stai?", "A che ora?" "Alle 6,30 davanti al negozio, ho bisogno della luce mattutina... e non solo, potrebbe essere una giornata lunga...", "Ci sarò". Salutai e mi avviai verso casa, lo sguardo di Silvia mi aveva turbato, il nostro rapporto si interruppe perché io rifiutai di posare insieme ad una modella mentre si fingeva un rapporto sessuale, a me sembrava di tradire Silvia, anche nella finzione, la modella che mi proponeva era un splendida ragazza, e io non sarei riuscito a rimanere indifferente di fronte a cotanta abbondanza di bellezza, lei e Silvia... probabilmente Silvia voleva altro, ma io mi resi conto tardi di questo e dopo una lite furiosa, andò via, ma sarebbe andata via comunque, aveva in programma degli stage all'estero... che casualità quest'incontro...

Ero eccitato all'idea di posare per lei nuovamente, non mi disse nulla riguardo gli abiti che dovevo portare, quindi pensai a delle foto a torso nudo per evidenziare le armi... ma sentivo in cuor mio che qualche sorpresa mi aspettava... 6,30, ero davanti al negozio, calzoni corti grigi, polo rosso fuoco e tanta eccitazione ed abbronzatura, mi caricò in auto senza nemmeno scendere...

L'auto correva verso la montagna, erano i primi di Agosto, gran caldo, nessuno in giro, strade vuote, finestre chiuse, camminavamo spediti, mi piaceva vedere i suoi capelli muoversi nervosamente sul suo viso, agitati dall'aria che entrava del finestrino, anche lei era bronzea, i suoi denti bianchi luccicavano sul suo viso, parlava, ma la mia mente ricordava alcuni nostri amplessi e facevo fatica a rimanere presente a me stesso, le sue labbra che si muovevano entravano nella mia mente e nei miei ricordi... le vedevo addosso a me, quando le usava per "bagnare" il modello... per rendere il dipinto più movimentato, e del movimento ne creava sì... si divertiva ad eccitarmi per poi lasciarmi inerme davanti alla mia potenza sessuale... lei osservava come nasceva l'eccitazione, voleva imprimere nel dipinto, non il sesso, ma l'espressione dell'imbarazzo o l'espressione prima di un lungo orgasmo... sì anche questo... una volta, anzi più di una volta... mentre dipingeva si spogliava lentamente... e mi guardava... i suoi sguardi erano lame che toccavano i miei nervi e solleticavano il desiderio... si toglieva gli indumenti lentamente, prima la maglia, poi il reggiseno... e mentre mi guardava, mordicchiava il pennello... lo succhiava, lo umettava... si toccava, si spogliava completamente e davanti a me cominciava a frugarsi il suo scrigno segreto... non voleva che mi avvicinassi, ma voleva che anche io mi masturbassi lentamente... voleva cogliere l'attimo, il momento prima dell'orgasmo... devo dire che questo gioco mi divertiva... anche lei poi arrivava, ma sempre dopo di me... a volte mi vergognavo, ma lei sapeva mettermi a mio agio, donna sopraffina, delicata, sensuale e misteriosa.

L'auto portava noi e la nostra voglia di chissà che cosa... il paesaggio cominciava a mutare, vedi colline si stagliavano di fronte a noi... e più lontano alte montagne calve e appuntite. Silvia prese dal suo zaino due panini, me ne porse uno, all'unisono mordemmo quel cibo dannato, sì dannato, perché in realtà ci stavamo mangiando a vicenda, Silvia era visibilmente eccitata, lambiva il bocconcino, con piccoli morsi, ma poi divorava senza ritegno alcuno, così rispondeva ai miei morsi... divorammo in un attimo quello spuntino, spuntino infatti... mi sentivo cannibale, predatore e preda, cacciatore e vittima, carnefice e perseguitato, era una sensazione splendida, mi sentivo libero ma dentro un labirinto, labirinto enorme pregno di emozioni, costrette a rimanere chiuse, ma noi volevamo trovare l'uscita e volare, me nello stesso tempo, godere di questa eccitazione che coinvolgeva corpo e mente. una eccitazione cosmica, trovavo eccitante un cespuglio ricco di spine, mi immaginavo dentro mentre rotolavo con Silvia, tutto era eros in quel momento, anche l'aria che respirava Silvia mi ingelosiva, lei poteva entrare ovunque. Io potevo solo immaginare... o ricordare, ma i ricordi spesso si offuscano si confondono con altri ricordi... io volevo certezze o altro da ricordare.

Finalmente Silvia fermò l'auto, non era un parcheggio ma una rientranza della strada, dominata da un bosco verdissimo, "Scendi, dobbiamo arrampicarci", quindi io caricai lo zaino con l'attrezzatura e feci fare strada a Silvia che camminava davanti a me, ci inerpicavamo in salita fra castagni e querce, avevo il suo sedere a mezzo metro dal mio viso, lo vedevo ondeggiare a destra e sinistra, lo vedevo contrarsi per lo sforzo, era fiero, accattivante, a tratti aggressivo, essendo coperto da dei pantaloncini bianchi di cotone, riuscivo a vedere con la complicità della luce che filtrava, uno slip piccolo, che copriva metà dei glutei lasciando scoperti abbondanti porzioni, per nulla volgare, anzi di classe, salendo con lo sguardo la schiena era parzialmente scoperta, infatti una piccola canottiera pretendeva di infagottare quello forme, ma le piccole bretelle e le piccole dimensioni lasciavano intravedere pelle e forme, una goccia di sudore scese giù dalla colonna e si infilò dentro i pantaloni che non erano sorretti dalla cintura, quella visione si mischiava al profumo di funghi e foglie fresche, cominciai a scaldarmi ad eccitarmi, sentivo premere la mia eccitazione contro gli indumenti, sempre di più, sempre di più, ricordi, profumi, visioni... potevo afferrare quel sedere con le mani era proprio alla mia portata, poi avrei gettato Silvia a terra e avrei cominciato a baciarla avidamente e avrei messo le mani dentro la canottiera per toccare i seni, assaporarne le curve per arrivare a pizzicare i capezzoli sicuramente turgidi ed eretti... e poi ancora... "Antonello, siamo quasi arrivati", disse Silvia voltandosi verso di me, interrompendo l'incantesimo, ma regalandomi un sorriso accattivante e luminoso,"Bene, dimmi poi cosa devo fare", una piccola radura di pochi metri pianeggianti, circondata da un fitto bosco e alcune rocce che si affacciavano su uno strapiombo profondo ed altissimo, Silvia cominciò a tirare fuori l'attrezzatura, la mia attrezzatura era sempre più compressa, non riuscivo a tenerla a bada, nonostante la fatica della salita, mi chinai per aiutare Silvia e il mio sguardo cadde sulle spalle nude, non vi era alcuna bretella, quindi guardai più in basso e ancora più giù, il seno era coperto solo dalla canottiera, ed i capezzoli strusciavano contro di essa, su e giù, come per chiedere aiuto, forse volevano essere liberati, Silvia aveva notato il mio interesse e mentre sistemava il cavalletto, con le mani sistemava l'indumento, ma nel farlo allargava le spalline lasciandomi intravedere intere porzioni di seni, sicuramente lo faceva di proposito, lei conosceva la mia passione verso i capezzoli, sapeva che io adoravo baciarli, morderli, succhiarli, torturali e tenerli fra le dita, ma adesso la situazione era diversa, dovevamo lavorare, produrre, e io non potevo perdermi in queste fantasie, anche il mio desiderio era veramente grande.

Silvia posizionò il cavalletto su una base piana, la macchina fotografica era rivolta verso il bosco, tirò fuori dallo zaino almeno dieci tipi di coltelli con manici strani, intarsiati, due archi e delle frecce, adornate da piume colorate, e io cosa dovevo fare ora? Avevo con me solo una grande abbronzatura e una grande eccitazione, Silvia mi disse, "Togli la maglia, mi serve il tuo torace". Un brivido caldo attraversò il mio stomaco, avrei tolto tutto in realtà, ma purtroppo non era il momento e forse nemmeno il luogo o l'occasione, comunque sfilai la polo rossa, slacciando prima la cintura dei pantaloni per facilitare l'operazione, il mio torace tonico, ricco di peli scuri, ma non particolarmente muscoloso, non palestrato faceva proprio al caso di Silvia e delle sue fotografie, a lei serviva un uomo primitivo, naturale, non contaminato dalla civiltà, questo voleva evidenziare nelle sue fotografie, sfilai anche la collana d'oro e indossai una specie di bretella di corda attorcigliata, dalla quale pendevano strani amuleti. Il momento era arrivato, la luce era giusta, presi un coltello, eseguendo le indicazioni di Silvia cominciai le mie pose, il coltello fra i denti era un po' ridicolo, ma dovetti farlo, era più accattivante una freccia fra le labbra accompagnata da sguardo cattivo, abbracciai un tronco, la mia intenzione era di mimare un'arrampicata, Silvia mi guardava, dischiudeva le labbra, io per concentrarmi e dare un'espressione reale, immaginai fosse lei la mia preda da catturare, infatti, il mio sguardo si fece più interessante, più significativo, forse più erotico, non volevo cacciare, volevo catturare, catturare e possedere, ad un certo punto Silvia disse, "Cambiamo un po', vai dietro gli alberi, spogliati, nasconditi ma fammi vedere un cacciatore vero, un primitivo uomo delle caverne".

A quell'ordine un fuoco mi colse e guardai Silvia con arcaico sguardo, la vedevo già fra le mie grinfie, andai dietro gli alberi, sfilai boxer e calzoncini e sandali e li gettai nel pianoro davanti a Silvia, infatti, caddero ai suoi piedi, come inutili stracci, inutili oggetti di modernità, ero nudo, armato di arco, coltello e un'eccitazione imperiosa, mi sentivo veramente un uomo primitivo, il mio membro era un'arma in più, una lancia pronta a trafiggere la mia preda, preda che vedevo vicino a me, ma che dovevo immaginare lontano.

Seguivo gli ordini impartiti da Silvia, le mie pose però non erano naturali e questo era evidente, allora dissi a Silvia di lasciarmi fare... dissi "Fai uscire il mio istinto e non ti pentirai", subito mi trasformai, la mia immaginazione avvolse il mio corpo, vedevo Silvia mentre raccoglieva delle bacche e io dietro gli alberi a spiarla, mi arrampicai sopra un castagno, i miei piedi sembravano prensili, si attaccavano al tronco come se nulla fosse, mi nascosi dietro un alto ramo e guardavo in basso, Silvia si accorse del mio stato di eccitazione e tolse la macchina dal cavalletto e si avvicinò, scattava foto a ripetizione, non mi diceva più nulla, io sembravo veramente un cacciatore, la guardavo nascosto dalle foglie o la osservavo dall'alto di un ramo, poi come un primitivo in cerca di sesso colto da istinto di riproduzione, toccavo il mio membro e gemevo di piacere antico, con un balzo fui a pochi metri da Silvia, rotolai nuovamente dentro al bosco e ne uscii strisciando fra l'erba, Silvia continuava a scattare, io mi sentivo protagonista ma lei ormai aveva capito che era lei la mia preda, preda da catturare e possedere, mi alzai e mostrai a Silvia tutta la mia voglia, lei sfilò la canottiera e la gettò sul mio viso e cominciò a correre fra gli alberi, io la inseguii ma lei era abile, atletica, scappava da me senza urlare, senza girarsi indietro, ma di colpo si fermò e si arrampicò su un ramo alto, disorientando la mia rincorsa, io ero scalzo e un fitto tappeto di ricci svuotati dalle castagne impediva la mia corsa, dovevo arrampicarmi anche io, se volevo raggiungere la preda, preda che volevo viva, infatti gettai arco e coltello e afferrai il ramo e dondolando arrivai in cima, molto vicino a lei che però con un balzo scese sul tappeto di ricci e sgusciò via, io sentivo il suo odore, seguivo la sua scia, non era a favore di vento e comunque la vedevo correre come una gazzella fra gli alberi, la mia rincorsa fu prepotente, i miei passi lunghi ridussero le distanze, ormai ero vicino, sentivo anche il suo affanno, il suo battito, allungai la mano e riuscii ad afferrarla per i capelli, errore fatale fu quello di non tenerli legati, alla mia presa fu costretta a fermarsi, tentò una misera resistenza, ma io la afferrai meglio e le mie mani strinsero il suo torace, abbracciandola forte e mordendola sul collo, una mia mano la teneva stretta mentre l'altra sfilava via i pantaloni che essendo larghi caddero in un attimo, infilai la mia mano fra le sue cosce andai su, ero completamente infoiato, le mie dita toccarono la sua caverna che era incredibilmente umida e calda, mentre i miei denti morsicavano le spalle per tenere ferma la preda, il mio membro durissimo si faceva strada fra le gambe e in un attimo penetrò dentro di lei che lasciò andare un gemito di piacere, ma era ancora combattiva nonostante ormai la situazione era chiara, un moto di ribellione scalzò il mio membro dal corpo di Silvia, allora la afferrai per le spalle e la misi in terra fra le foglie e l'erba, a quel punto Silvia si arrese e aprì le cosce, conscia del fatto che era stata catturata, mi sistemai sopra di lei e la penetrai con forza, con istinto riproduttivo, la foga era veramente primitiva, mi muovevo dentro di lei, non la baciavo, la mordevo e lei gemeva di piacere e a sua volta mi mordeva lasciandomi profondi segni, la voltai con forza, ora le sue spalle e le sue natiche erano sotto di me, la sua schiena era piena di foglie, graffiata escoriata in parte, ma sentivo l'odore della sua eccitazione, grondava di voglia, forse anche lei era in estro, voleva riprodursi o semplicemente godere della nostra foga primitiva. Allargò lei le gambe e accolse il mio pene che scivolava ed entrava in profondità, sentivo il rumore dell'amplesso l'odore dei nostri umori, la mia vista era appannata, vedevo scuro, mordevo Silvia e la schiacciavo in terra, era mia ormai, nuovamente mia, continuai a possederla con forza, poi ancora presi da istinto primitivo si posizionò appoggiandosi sulle mani e sulle ginocchia, regalandomi un panorama eccitantissimo, afferrai le natiche e guidai il mio membro dentro la sua caverna, lo vedevo mentre entrava ed usciva, sempre più gonfio sempre più umido, scivolava indisturbato, padrone di tutto, le mie mani la schiacciarono in terra, il mio torace ora strusciava contro la sua schiena, la sentivo gemere di piacere, mugolava, ansimava, assaporava il momento, anche lei ormai era solo istinto, inarcò la schiena e così facendo facilitò ancora di più la mia penetrazione, io non mi fermavo, continuavo, continuavo, le mie mani si infilarono sotto la schiena e presero i seni sudati ma volitivi, anche io gemevo e godevo, ora ero io sotto di lei, era seduta sopra di me mi dava le spalle, la mia schiena poggiava su un tappeto di foglie e ricci, ma nulla m'importava, la penetravo dal basso, tenendo strette fra le mie mani i seni, le gambe si attorcigliarono, ma rimasi dentro di lei continuando a muovermi, il mio bacino si muoveva a gran ritmo e accompagnava il mio membro nel suo movimento, Silvia ansimava sempre più velocemente, sempre di più, corti respiri accompagnavano i suoi gemiti, ancora ancora... la sua eccitazione crebbe ancora la sentivo scendere sulle mie gambe, io continuavo ancora, Silvia inarcò la schiena... un urlo di gola lacerò l'aria calda, l'urlo continuò per molti minuti ad intermittenza, il suo orgasmo fu lunghissimo, caldo profondo, si dilatò ancora di più, non aveva ancora placato le sue voglie, rimase ancora in quella posizione per poco tempo, poi inaspettatamente si staccò si girò e cambiò posizione sedendosi sopra di me ma mostrandomi il viso, prese il mio pene e lo infilò senza esitazione dentro di lei, adesso mi cavalcava, era lei ora a possedermi, si muoveva seguendo un suo ritmo, non ero io a condurre il gioco, le sue mani mi stringevano il petto, strappavano i peli, lei si inarcava, godeva, muoveva le testa in cerchi i suoi capelli toccavano il mio viso, solleticavano il mio collo, gemeva, urlava, era incontenibile, la ricordavo così, padrona della sua sessualità, le sue unghie penetravano le mia pelle, anche io fremevo e godevo, morse con forza le mie spalle, mi piaceva essere morsicato, i suoi denti lasciavano segni ovunque, poi afferrò il mio collo, lo strinse forte, mi mancava l'aria, ma questa sensazione mi piaceva, non vedevo più nulla, solo nero solo goduria massima, una ventata di aria mi investì... e ripesi coscienza di dove fossi, Silvia mi guardava ora, mi scandagliava lo sguardo mentre io mi muovevo ero posseduto dal suo movimento, un cambio repentino di posizione, la volevo sotto di me e così fu, senza nemmeno uscire da lei. Ora mi muovevo io, forte sempre più forte, lei afferrò le mie natiche e accompagnò il movimento, la mia schiena era tesa, i miei muscoli pronti, le godette ancora, la vidi in una smorfia di piacere abbandonarsi per un lunghissimo attimo, questo nuovo orgasmo mi fece impazzire, cominciai a muovermi ancora più forte, i colpi echeggiavano nel bosco, tum tum tum... sempre più forte sempre più primitivo, cominciai a sentire forti scosse nella schiena, nei glutei, nelle gambe, tum tum tum... ancora colpi ancora brividi, ora la mia pancia tremava e fremeva, ancora un colpo, un altro e...un urlo si liberò nell'aria, mi contrassi ritmicamente mille volte, urlavo e godevo mentre continuavo a muovermi, svuotai tutta la mia eccitazione con un lunghissimo orgasmo, mi contraevo ancora urlavo, l'attrito si modificò ancora adesso tutto era diverso, vita e carne si mischiarono, godevo come in estasi, non vedevo più nulla solo nero e contrazioni... dopo molti minuti ma abbandonai sopra il corpo di Silvia, sudati entrambi, appiccicosi, spossati, i nostri fiati lentamente tornarono alla normalità... ora ci baciavamo, durante l'amplesso nessun bacio fra noi, la riproduzione, non il piacere, quello era stato, istinto riproduttivo...

Ci abbandonammo nudi per molto tempo, io rimasi dentro di lei il più possibile... il sole era alto, lo si vedeva fra le foglie... qualche minuto ancora... e io ripresi a muovermi...

Capitolo 6

... Manuela è sempre stata la mia pupilla, vivace, allegra, gioviale, dinamica... ma tanto, tanto sposata... il nostro rapporto, prettamente di divertimento si era interrotto di comune accordo. dopo che lei aveva incontrato un uomo che voleva sposarla, io non sono coniato per il matrimonio, troppo serio... Lei invece voleva "Sistemarsi", così diceva, voleva una vita tranquilla, nonostante la sua grande dinamicità, non la vedevo da quattro anni almeno, fu lei a cercarmi, aveva tenuto il mio numero di cellulare, che combinazione.

Quel mattino il cellulare squillò presto, io stavo lavorando, ma riuscii a rispondere e fu mia gradita sorpresa il fatto che Manuela mi proponeva un appuntamento, da vecchi amici... voleva parlarmi del suo matrimonio e degli ultimi anni della sua vita, sono sempre stato un buon ascoltatore.

Manuela amava il sesso a 360 gradi, stavamo ore a perderci in preliminari minuziosi... ci stuzzicavamo già dal mattino, anche se l'appuntamento era alla sera, le inviavo sms erotici, che partivano soft ed arrivavano spinti addirittura hard...

"Questa sera sei libera?" e poi, "Non preparare cena, mangerò te" e ancora... "Ho fame, fatti trovare nuda," per poi sboccare in oscenità... "Ti leccherò ovunque, apriti...".

Non sempre rispondeva ai messaggi, ma gradiva assai questo lento inizio di corteggiamento, era lunga ad arrivare all'orgasmo e dovevo eccitarla al massimo per ottenere il risultato sperato, cioè un orgasmo lungo e piacevole, era estenuante fare sesso con lei, ne uscivi completamente "svuotato", spossato, ma sicuramente soddisfatto.

L'appuntamento era per il pomeriggio in un bar molto vicino a casa sua, io volevo solo chiacchierare e ricordare, era sposata, non volevo fare altro, proprio no.

Mi presentai in anticipo, per vedere in anteprima la situazione, il bar era veramente squallido, buio e sporco, il barista aveva un aspetto sudicio, grassoccio con la faccia unta e sudata, il bancone luccicava ma per la sporcizia, che schifo, ma perché mi aveva dato appuntamento proprio qui?

Ordinai un caffè nell'attesa, sicuramente ne avrei preso un altro con Manuela, ma volevo vedere all'opera il barista, che muovendosi a stento fra bancone e macchinetta, preparò la bevanda calda e me la porse con un gran sorriso facendomi anche l'occhiolino, rimasi un po' sorpreso di questo gesto, ricambiai il sorriso, molto più timido e mi voltai, per evitare il suo sguardo e anche un po' l'imbarazzo.

Il caffè era addirittura buono e la cosa mi sorprese alquanto, ottimo aroma, ottimo gusto, io sono un gran estimatore di caffè e Manuela anche, spesso durante le nostre lunghe giornate, saltavamo i pasti oppure se si facevano giocavamo con il cibo ed il caffè era una componente fondamentale...

Guardai fuori, vidi una figura vagamente familiare che si avvicinava camminando sotto il sole, dal buio del bar vedevo la sua piccola sagoma, non riuscivo a distinguere bene le forme e i particolari, ma il suo ingresso mi schiarì idee e ricordi, era cambiata poco, piccolina di statura indossava dei jeans azzurri, attillati, che fasciavano i suoi fianchi larghi ma proporzionati al resto del corpo, scarpe da ginnastica, bianche senza tacco, e una semplice canottiera bianca, anche quella stretta, che le fasciava la vita ed il seno, il suo seno è sempre stato piccolo, una seconda misura, in quella canottiera si muoveva libero e alto, dall'altezza dedussi che era un seno che ancora non aveva conosciuto bocca di bimbo, si notavano addirittura i capezzoli che tentavano di emergere fra i tessuti, non si vedevano spalline, ne scure ne trasparenti, infatti nessun reggiseno lo accoglieva, era libero, come lo era lei tempo fa, ho avuto sempre una grande attrazione per il seno, piccolo, grande, dalla prima alla quarta, queste sono le mie misure preferite, con ognuno di esse si può giocare, in maniera diversa, quelli piccoli che entrano nelle mani, sono gradevoli da afferrare, si riesce anche a stringere i capezzoli fra le dita, cosa gradita se accompagnata da altri stimoli, stringere i bottoncini... che meraviglia... e poi mordicchiarli e bagnarli per poi succhiare avidamente e battere con la lingua piccoli colpi, qui altri giochi sono preclusi, ma il piacere è grande lo stesso, oserei dire sublime, specialmente quando il piacere è ricambiato dai miagolii di piacere... con quelli grandi i giochi possono aumentare di numero, il solco fra i due vulcani può essere sede di ingressi e uscite di parti anatomiche maschili molto sensibili, in pratica... se umettati da caldi baci può accogliere il membro che stretto e lubrificato scivola elegantemente fino ad entrare a volte nella bocca o nelle labbra anch'esse bagnate e calde... gran bella sensazione quella, molto simpatica e variabile, anche perché le posizioni possono variare, uomo sopra, donna sotto, donna sopra uomo sotto, entrambe possono condurre il gioco, a seconda delle voglie e della fantasia, a molte donne di mia conoscenza piace questo gioco, pensavo all'inizio che piacesse solo agli uomini ma in realtà il piacere è reciproco, ah non si finisce mai d'imparare.

Il viso di Manuela era di forma ovale, capelli biondi lunghi fino alle spalle, occhi chiari a gioviali e labbra sottili, mi alzai e le andai incontro e lei mi porse quasi le labbra, ma io optai per la guancia, era una donna sposata... ci sedemmo e ordinammo un altro caffè, il barista continuava a farmi l'occhiolino, mentre Manuela non guardava, cercavo di capire cosa volesse dire, ma m'importava poco, non volevo pensare, volevo solo... chiacchierare con Manuela e ricordare, ricordare, il ricordo se bello e questi erano ricordi belli, è sempre eccitante.

Dovevo andare in bagno, era da un po' che tenevo, quindi porsi le mie scuse e mi recai verso la toilette, il locale non si poteva chiudere, e questo mi dava fastidio, ma il bar, a parte me Manuela e il barista era vuoto, tirai fuori il piffero, ebbi qualche difficoltà, perché la vista di Manuela mi investì di ricordi e la situazione non era del tutto tranquilla, ma nulla traspariva attraverso i pantaloni, accadde però che mentre stavo scrollando, la porta si aprì e urtò contro la mia schiena, "Occupato" dissi io, "Lo so", fu la risposta... peccato che chi aveva dato la risposta era il barista, la sua voce mi fece rabbrividire, sistemai immediatamente l'attrezzatura e cercai di uscire ma la sua enorme mole occupava l'intero uscio, mi guardava e sorrideva continuava a schiacciare l'occhiolino... che situazione del cazzo, proprio di quello, che cosa voleva da me ora??

"Scusi devo andare...", "Lo sai che mi piaci?", o mamma mia, bloccato in un cesso putrido con un uomo enorme che mi faceva dichiarazioni sessuali... il tizio mise la mani sui miei fianchi, potevo sferrare un calcio o dei pugni, ma era pericoloso, molto pericoloso... usa la testa pensai in una frazione di secondo, usa la testa... "Anche tu mi piaci, tanto...

se per te l'AIDS non è un problema... mi sembri un tipo che ama il rischio... voglio farti mio adesso... dai entra, voglio possederti... ma la carne è carne... se metto il preservativo mi si ammoscia... ma se lo lavori bene, rinasce...", il viso del barista si trasformò... era semplicemente terrorizzato, allora io cavalcando l'onda di terrore, iniziai a sbottonare la cintura, guardandolo negli occhi, ora ero io che mi divertivo, "Dai... non scappare... la signora fuori è un'assistente sociale, se sa che faccio questo mi mette in comunità... dove vai non scappare...", era uscito dal bagno senza nemmeno voltarsi, io uscii immediatamente dopo, andai alla cassa per pagare, guardai negli occhi il barista, questa volta l'occhiolino lo schiacciai io... "Offro io, offro io... faccio sempre così con i primi clienti della giornata...", "Grazie, tornerò più spesso", presi Manuela sotto braccio che non capiva questa fretta di uscire e andammo via...

"Ma cosa è successo?", mi chiese molto incuriosita... "Avance, avance... sai che la cosa mi capitava, ora non è cambiato nulla...", Manuela scoppiò in una risata esilarante e io accompagnai questo gesto, liberandomi di un po' di paura...

"Dai andiamo a casa mia, voglio fartela vedere, mio marito non c'è, stai tranquillo e poi comunque siamo vestiti no?", "Va bene, ma niente scherzi, per oggi ho già avuto troppe emozioni".

Camminavamo fianco a fianco, sentivo il suo profumo, il sole faceva brillare le sue spalle imperlate di sudore, era sempre bella, semplicemente bella, questo era il suo segreto, era semplice, genuina. Il tragitto fu breve, entrammo in un portone elegantemente arredato, marmi rossi e bianchi erano i colori delle scale, con eleganti corrimano ottonati, la sua casa era al primo piano, entrammo, immediatamente un profumo di incenso entrò nelle mie narici, la casa era arredata tutta in stile etnico, tappeti ovunque, spazi grandi divisi solo da paraventi, tavolini bassi e cuscini ovunque, grandi tende chiare alle finestre e poi la camera da letto... un letto appunto, molto basso, su un enorme tappeto rosso, nessun comodino solo delle mensole con nulla sopra a parte la polvere, e nessun armadio o meglio una intera parete, quella davanti al letto era una piccola stanza che fungeva da stanza guardaroba, la porta era composta da una piccola persiana in legno simile alle gelosie delle finestre.

Manuela si sedette sul letto e cominciò a guardarmi, io ero imbarazzato, non volevo fare nulla nella sua camera, certo la situazione era invitante, grande tappeto, grande letto, grandi sospiri... dall'alto vedevo il seno... non dovevo guardare, no dovevo andare via, presi questa decisione e dissi, "Dai Manu, andiamo, che stiamo a fare qui...", ma proprio in quel momento, sentimmo un rumore alla porta, rumore di chiavi e di risate, Manuela trasalì e vidi il terrore nei suoi occhi, figuriamoci nei miei, senza nemmeno pensarci mi prese per mano ed entrammo nella stanza guardaroba, al buio, senza respirare, dalle fessure potevamo vedere il resto della stanza, la voci sembravano quelle di un uomo e una donna, Manuela mi teneva per mano... sentivo il suo respiro spaventato vicino a me, io ero semplicemente terrorizzato, già mi vedevo fuori dalla finestra con le scarpe in mano, come nei film comici, ma qui era tutto vero... le voci erano davvero due, forse anche il marito di Manuela aveva portato un'amica, per un caffè, ma la coppia entrò in camera da letto... erano davanti a noi, ignari che due spettatori involontari guardavano le loro mosse, la donna era formosa dalle curve

abbondanti, capelli biondo tinto, trucco esagerato, un po'
volgare, il marito di Manuela era ben piantato, fisico asciutto
e tonico, capelli scuri e con una pettinatura invidiabile, i due
presero a baciarsi, proprio davanti a noi, io presi per mano
Manuela e cominciai a stringere forte... non la vedevo, ma
immaginavo il suo patimento, i due continuavano a baciarsi
lui metteva le mani ovunque e in un attimo la donna fu
nuda, il ciuffo pubico era scuro, scurissimo, nuda era più
gradevole che vestita, aveva un seno abbondante che si
muoveva molto nervosamente su e giù. Una quarta tutta,
niente male, già mi immaginavo cosa avrei potuto fare io,
ma ora dovevo salvare la pelle, comunque la donna spogliò
velocemente l'uomo, proprio in maniera frettolosa... e lui fu
presto nudo... io rimasi esterrefatto... quell'uomo aveva un
membro incredibilmente grande... mi sentivo veramente...
piccolo di fronte a lui, io non avevo e non ho mai misurato
il mio cazzo, anche perché funzionando sempre senza
problemi, l'idea di una misura non mi piaceva. Manuela
stringeva la mia mano nel frattempo, l'altra donna anche
lei sembrava stupita, forse anche lei era la prima volta che
lo vedeva nudo... si inchinò e lo accolse nella sua bocca,
lo gustava proprio, non si staccava più, era uno spettacolo
eccitante, peccato che la paura rovinava un po' tutto...
l'uomo tolse la bocca dal suo membro e si sdraiò sul letto,
tenendo teso il membro dalla base, la donna gli porse le
spalle e cominciò a sedersi sul piccolo Polifemo, era vogliosa
senza dubbio... appoggiò la sua vulva sul membro e con le
mani lo indirizzò... lentamente la cappella entrò... la donna
emetteva dei dolci mugolii, molto eccitanti, faceva entrare
solo la punta, non riusciva ad andare oltre, poi piano piano,
il membro scomparve dentro di lei, si era seduta sopra e

l'aveva accolto tutto, iniziò la danza più antica del mondo, mentre Manuela stringeva forte la mia mano, ma un gemito più forte attrasse la mia attenzione, ancora un altro gemito... vidi il marito di Manuela contrarsi in una smorfia di piacere, esattamente dieci secondi dopo aver iniziato il rapporto... compreso il pompino, ora era Manuela a tenere a stento le risate... la donna si alzò e lo guardò con gentilezza, ma lui si girò da un'altra parte... prese una sigaretta e iniziò a fumare... come se nulla fosse, infatti nulla era accaduto: dieci secondi... ora capivo Manuela, la capivo proprio.

Lei così lunga, il suo orgasmo arrivava sempre da lontano, arrivava dopo ore di movimenti e baci, a volte era spossante anche per me, ma l'esplosione finale era veramente gratificante, il problema ora era uscire dall'armadio, sano.

L'uomo finì la sigaretta, la donna si avvicinò a lui e provò a coccolarlo un po' ma lui si alzò risoluto e cominciò a vestirsi, sentivo Manuela fremere, pensavo volesse uscire dall'armadio e avventarsi contro il marito, ma in realtà stava ridendo e di gusto anche, la mia paura ora era ancora più grande, e fui costretto a baciare Manuela sulla bocca per chiudere in qualche maniera quella risata.

Pochi minuti e la stanza fu vuota, pochi minuti ancora e anche la casa fu vuota, rimanevano solo un letto quasi intatto e un armadio pieno.

Manuela riprese a baciarmi con gran passione, io volevo solo andare via, non mi sentivo tranquillo, per niente, ma la bocca di Manuela scese sul mio collo e prese a morsicarmi mentre le mani abbassarono la cerniera dei pantaloni ed entrarono dentro, incuranti dei pantaloni stretti. La mia... reazione fu immediata, anche avevamo visto insieme un piccolo scorcio di film porno attraverso le fessure, un piccolo scorcio, sì, era stato come vedere la sintesi di un film di qualche ora, veramente troppo breve, ma era stato eccitante comunque, soprattutto per la situazione strana, la situazione si fece subito critica, almeno per me, Manuela si era abbassata e nel buio quasi totale, cominciò a lavorare il mio membro con la bocca, i movimenti erano quasi obbligati, visto che gran parte era ancora all'interno dei pantaloni, ma questo era ancora più eccitante, perché tutte le sensazioni erano concentrate sulla parte superiore, le presi la testa con le mani e accompagnai il suo movimento, nel buio immaginavo che lei si toccasse la calda caverna e con le dita allargava le labbra, per preparare la penetrazione, questo mi eccitava ancora di più, eravamo molto stretti in quel guardaroba, io non sopporto la prigionia, ero appoggiato alla parete quasi bloccato, ma completamente preso dalla bocca di Manuela. Lentamente cominciai a sfilare la cintura, poi sbottonai il bottone, volevo dare aria alla situazione, le mani di Manuela si aggrapparono ai pantaloni e senza smettere di lavorare li abbassarono completamente, senza sfilarli, ma dando libertà al resto dell'attrezzatura che reclamava la sua parte di baci e carezze, infatti la sua bocca iniziò a vagare nel buio, leccando e mordendo gambe e inguini, la sua lingua esplorava nel buio, assaporava ogni centimetro, mi regalò dei brividi caldi quando con i capelli sfiorava dolcemente i testicoli e con le labbra baciava sotto di essi, si percepiva un desiderio arretrato una voglia di calma e di tempi lunghi, infatti i suoi movimenti erano quasi al rallentatore, non la vedevo ma sentivo nel buio una grande eccitazione.

Manuela si alzò dopo aver massaggiato con la lingua ogni centimetro della mia pelle dall'addome in giù, ora sempre nel buio quasi totale, le sue labbra si facevano strada fra gli spazi aperti della mia camicia, e mentre le mani si muovevano lentamente su e giù stringendo il mio pene, i suoi denti sbottonavano i bottoni e poi si avventò sui miei capezzoli, ne morse uno così forte che mi scappò un urlo, ma continuò ancora e poi ancora, e si precipitò sul collo sempre muovendo le mani, ad un certo punto la mia immobilità si tramutò e le mie mani afferrarono il bordo della sua canottiera che si strappò in un secondo lasciandomi in mano i seni nudi che immediatamente cominciai a mordere, i capezzoli furono subito turgidi, io mordevo e succhiavo e sentivo Manuela gemere di piacere, anche quando un mio dente affondò un po' troppo nelle teneri carni, ma oggi andava bene tutto, era una Manuela diversa da qualche anno fa, era avida di piacere, mai come ora, le mie mani con gran fretta e senza rispetto entrarono dentro i jeans e sentirono subito il contatto con la sua parte segreta già completamente umida e calda, le mie dita frugavano dentro ed intorno e l'eccitazione sua cresceva, le sue mani sul mio membro le mie mani dentro di lei, le nostre bocche unite le nostre lingue si frugavano fra loro, io stavo scoppiando, la voglia di possederla cresceva di secondo in secondo, ma sapevo che Manuela adorava questi giochi, giochi ancora più spinti, io ero appoggiato alla parete e udivo dalle fessure il letto che chiamava a gran voce, era stato usato da poco, le lenzuola erano ancora intrise dell'aroma di quel fugace amplesso, ma quando l'eccitazione cresce non si guarda a questi particolari, e poi c'erano sempre i tappeti, la cucina, il bagno, qualcosa di più comodo, diedi una manata alla porta che si spalancò e il mio sguardo uscì dal guardaroba, ma Manuela, senza mollare la presa su di me, richiuse subito lasciandoci nuovamente al buio, non capivo il perché, forse non voleva tradire suo marito sul letto? dopo quello che aveva visto... mah! Le donne, valle a capire.

Manuela continuava a muovere le mani su e giù e anche il miei movimenti si fecero più incalzanti e profondi, in quello spazio angusto la fantasia poteva avere poca importanza, la posizioni erano quasi obbligate, ma l'eccitazione cresceva sempre più. più le mie dita erano praticamente fradice e non solo quelle, sentivo il dilatarsi delle labbra, sempre di più, sentivo il turgore farsi sempre più importante, i gemiti di Manuela mi guidavano verso il suo piacere, il suo fiato si fece affannoso, i suoi denti mordevano la mia lingua, d'improvviso si staccò da me e nel buio intuii che si appoggiò con le mani alla parete, dandomi la schiena, la vedevo a strisce ora, il sole penetrava dalla finestra e passava dalle fessure, non ebbi alcuna esitazione, le mie mani afferrarono le sue natiche dai lati e il mio membro dopo essere piacevolmente scivolato fra la piega delle stesse, penetrò senza ostacoli dentro di lei... la posizione creava un attrito stupendo, era sollecitata la parte superiore del mio pene, scosse elettriche mi arrivavano fino alla schiena... entravo ed uscivo completamente, per rientrare, urtando contro le pareti delle sue natiche e del suo foro mai posseduto, l'umidità era tale che non ebbi alcun bisogno di giocare con la mia bocca, ma desideravo tanto farlo, volevo ricordare quel gusto, dimenticato da tempo, quindi mi chinai e partendo dal basso feci un percorso veloce che arrivò fino alla schiena, che si incurvò ancora di più accompagnata da un gemito sordo che mi eccitò ancora di più. Questo Manuela lo sapeva, sapeva come i suoi gemiti mi eccitavano, sapeva come a me piaceva sentirla e vederla godere, i miei colpi di lingua si indirizzarono fra le pieghe delle natiche, quel profumo di donna mi infoiava, misi un dito e cominciai a muoverlo accompagnato dalla mia lingua, sentivo Manuela fremere, e piegarsi ancora di più per facilitare penetrazione e colpi di lingua... volevo osare, ora volevo osare, se prima non volevo neppure iniziare ora volevo di più, volevo essere ricompensato per il rischio corso e che correvo ancora, la mia lingua cominciò a leccare il suo foro segreto, mai posseduto prima, leccavo e infilavo, cercavo di scandagliare un terreno sconosciuto, le mie mani lentamente aprirono le due natiche e la mia bocca si fece insistentemente presente, poi un dito con piccoli movimenti rotatori cominciò a massaggiare lentamente, la saliva è un ottimo lubrificante, si sa, il mio dito indice lentamente scivolò al suo interno, mi aspettavo un no deciso, ma un sospiro di piacere mi spinse a continuare, il dito scivolava sempre più all'interno mentre l'altra mano riempiva l'altro scrigno, che sensazione di possessione incredibile avevo in quel momento, la mia eccitazione era al massimo. Manuela gemeva, e accompagnava le mie mani con movimenti invitanti, sempre più invitanti, ora erano due le dita dentro la sua caverna buia e sconosciuta, volevo possederla ora, volevo con tutto me stesso... continuai a leccare con gran foga, il terreno era quasi pronto, ma Manuela si voltò e io pensai che il gioco era finito, invece prese il mio pene pulsante in bocca, andò su è giù un paio di volte regalandomi gran piacere, ma soprattutto, bagnò ancora di più l'attrezzatura da combattimento e si girò di nuovo, io non credevo a questo, ma presi il mio membro fra le mani e a tastoni lo appoggiai sul suo buco... diedi una piccola spinta, ma Manuela si ritrasse, ancora una spinta un po' più forte, ma il mio pene scivolò via, lo ripresi in mano e appoggiai nuovamente, allargando le natiche, una spinta costante, senza mollare le presa, sentivo il pene stretto fra due morbide morse, continuai nella mia spinta, Manuela mugolava, mmmmmmmm questo mi diede coraggio, una spinta e mi ritrovai dentro di lei, sentivo il mio pene tirare dal basso, niente attrito, ma una sensazione di stiramento piacevolissima mi prese, cominciai il mio movimento, sensazione duplice, di possesso e di piacere fisico, le due sensazioni di mischiavano fra di loro, in passato Manuela non si era mai concessa così tanto, nonostante le mie insistenze, mi muovevo e lei gemeva, l'altra mano solleticava il clitoride che era diventato gonfio come una ciliegia, ormai mi muovevo sempre più forte, ma sapevo che i tempi andavano rispettati, rallentavo e aumentavo il ritmo a mio piacimento, al buio, Manuela accompagnava ogni mio movimento con altrettanti movimenti accoglienti, ad un certo punto le sue mani mi toccarono le cosce, volevano accompagnare la spinta, che cosa eccitante, su e giù, giù e su, sempre più forte, sempre più gemiti, la sensazione di stiramento aumentò sempre di più, volevo scoppiare dentro di lei, ma non sapevo ancora a che punto fosse Manuela, ma un suo respiro lungo, accompagnato da un ooooooo lungo e potente, mi incistò al movimento profondo e veloce, un altro, altri sospiri, altri ooooo sempre più forti e via, Manuela partì per un orgasmo intensissimo, cominciò ad urlare e dovetti chiedere la sua bocca con la mano libera e lei la succhiò intensamente, ora anche io stavo per venire, mi sentivo libero di venire come volevo, i miei colpi aumentarono ancora, sentivo il rumore del mio bacino contro di lei, quasi senza preavviso sentì il mio pene, irrigidirsi ancora di più, la mia schiena fu scossa da fremiti e brividi, anche io volevo urlare e dovetti appoggiare la bocca sulla schiena di Manuela, per tappare le urla, il mio stomaco si contrasse all'unisono con il membro, mi svuotavo con lunghe e protratte contrazioni, una due, tre, quattro, cinque, persi il conto, anche perché fra il caldo e la paura avevo perso la cognizione del tempo, ero tutto un piacere ed un fremere, Manuela gemeva ancora, io continuavo ancora a spingere e godevo come un selvaggio alla ricerca della riproduzione... dopo un tempo non definibile il mio membro uscì da solo, ormai svuotato e poco turgido, girai Manuela e comincia a baciarla e ne fui ricambiato, restammo abbracciati in quel buio per molto tempo, sudati, affannati, non volevo pensare a ciò che aveva fatto Manuela, forse io ero stato l'oggetto di una vendetta calda calda... nulla era stato premeditato. Il caso fu il primo attore e noi delle semplici comparse, uscii dal guardaroba, mi rivestii frettolosamente. andai via senza salutare, quando la porta si chiuse, Manuela era ancora nello stanzino, mi sembrò di sentire dei singhiozzi.

Non mi voltai.

Capitolo 7

... Avevo 20 anni, molto tempo fa, ma i ricordi sono ancora vivi, incisi nella mia mente e anche nella mia carne, visto che qualche segno lo porto ancora, non tatuaggi, ma piccole cicatrici, il solo sfiorarle rievoca sapori giovanili, il solo sfiorarle rievoca passioni sfrenate.

Al tempo ero "fidanzato" con Olga, donna di separata di 30 circa, molto sensuale nella sua estrema semplicità... apparente, sì apparente, dietro quel viso senza trucco si nascondeva una passione per il sesso e per la trasgressione che sfiorava la fantascienza, era alta circa un metro e sessanta, capelli nero corvino, corti all'altezza delle spalle, occhi neri anch'essi, profondi a tratti tristi, seno abbondante, una terza, seno sodo nonostante la taglia, seno mai sfiorato da bocca di bimbo, con due areole mammarie enormi e scure, vita stretta e fianchi larghi, sembrava un violino ingigantito, apparentemente sciatta e pigra, si trasformava in una pantera da letto, le sue voglie erano arretrate e tante, sposata per anni con un uomo mai amato, mai capito, mai cercato di 25 anni più grande di lei, matrimonio combinato e quasi mai consumato.

Il nostro incontro fu casuale, ma immediatamente travolgente, trasgressivo, esagerato, disperato, consumavamo fino all'ultima goccia di energia e non solo quella.

Quel giorno eravamo in un bar del centro dove era risaputo che le coppie cercavano trasgressione e divertimento, era la prima volta che ci recavamo la, fu una sua richiesta, un suo desiderio, una sua curiosità, io assecondai senza problema alcuno, anche io amavo la trasgressione, ma questa per me era una situazione completamente nuova, cosa cercavamo? Nessuno di noi due sapeva di preciso, ci guidava l'emozione della scoperta, l'emozione dell'ignoto, l'emozione del rischio...

Il bar era elegante e signorile, i tavolini erano coperti da tovaglie rosse e candelabri, la luce era bassa, ma permetteva di vedere bene tutto, i camerieri in divisa composta da giacca tinta panna e pantaloni blu si muovevano discretamente fra gli avventori senza disturbare i dialoghi, il bancone di marmo nero rifletteva i raggi di una lampada Tiffany con la base di bronzo, dove si vedevano due corpi avvinghiati in un amplesso amoroso.

Io e Olga ci sedemmo in un angolo semibuio della sala, da quella posizione potevamo vedere chi entrava e chi usciva e a nostra volta potevamo essere notati discretamente, parlavamo piano e guardavamo circospetti... bella emozione, bella sensazione, ma Olga voleva di più e forse anche io... mi alzai andare in bagno e nel locale mi si avvicinò un signore di un'eleganza stratosferica, aveva un gessato grigio scuro, alto, magro, capelli grigi sulla cinquantina, mani curatissime e profumo intenso, un profumo speziato, orientale, io al suo confronto sembravo un mentecatto, il mio abbigliamento era più che dozzinale, nemmeno da mercato, non avevo abiti eleganti nel mio guardaroba, le mie scarpe erano stonate con il resto e la cintura era quasi una corda arrotolata... facevo quasi tenerezza... l'elegante signore mi disse "Aspetta un attimo, devo parlarti," e nel frattempo si girò e cominciò ad urinare negli appositi apparati e mi invitò a fare altrettanto, da sempre io ho odiato fare questo e entrai in un bagno chiuso e serrai ben bene la porta, tirando l'acqua per non far sentire rumori poco piacevoli. Mi aspettò davanti alla porta e con aria sempre signorile disse "La donna che ti accompagna è la tua donna o una troia? È molto bella, ma qui non si possono portare le troie, sappilo.", irritato e stizzito ma cercando di mantenere un certo contegno risposi "È la mia donna, non è una troia, ma lei cosa vuole da me", "Cosa voglio da te... cosa voglio da te... se vuoi io e mia moglie ci sediamo al vostro tavolo e vi spieghiamo tutto... ma prima fammi un piacere... datti una pulita alle scarpe...", detto questo se ne andò via dicendo "Vai al tavolo, ci vediamo là."

Irritato, ma consapevole dell'eventuale situazione, andai verso la porta... ma prima mi diedi una pulita alle scarpe, effettivamente erano coperte da uno strato di polvere spesso e denso, troppo inesperto per guardare questi particolari, comunque andai al tavolo dove Olga mi aspettava, mi sedetti e i raccontai l'episodio avvenuto in bagno.

Lei era visibilmente colpita dalla situazione, non saprei dire se eccitata, ma colpita di sicuro... il sudore le imperlava la fronte, sentivo un vago profumo, mai sentito prima, forse era profumo di novità, non saprei dire... da una porta laterale entrò la coppia che si avvicinò a passi lenti verso di noi... i loro sorrisi erano smaglianti, si avvicinavano sempre più, mi sentiva di sentire i cuori mio e di Olga pulsare... io ero agitato, ma apparentemente calmo, Olga era quasi pietrificata, aveva stampato un sorriso stereotipato da ebete, il suo viso era una smorfia di paura e sorpresa, i due si sedettero... La donna indossava una maglietta giallo canarino, un colore fortissimo, la maglietta attillata stringeva un seno quasi spudorato, compresso e schiacciato in quel tessuto, sembrava un balcone fiorito, dove un solco scuro divideva in due la ringhiera... fantastico... era abbronzatissima, scura come una mulatta brasiliana, labbra lucidissime e spesse incorniciavano denti bianchissimi e quasi perfetti, che a sua volta erano incastonati in un viso ovale e regolare, occhi di un azzurro quasi trasparente e coda da cavallo nera e liscia, jeans azzurri, attillati e senza piega, apparentemente banali ma in realtà erano capi firmati.

Il marito ordinò quattro whisky e il cameriere li portò gettando su di me una ventata di imbarazzo e "fuoriluoghismo". Sì, vero, mi sentivo a disagio, i miei abiti la mia mente, non erano plasmati per quel luogo, comunque feci appello a tutte le mie forze e ostentai un sorriso smagliante ma evidentemente finto, infatti l'uomo elegante mi freddò dicendo "Noi vogliamo quello del bagno, non questo... chiaro?", sì chiarissimo, che cazzo voleva dire? Perché le persone non parlano chiaro? È così difficile? Comunque la donna si presentò, si chiamava Erika, nome vero o falso non so, ma poco importa, mi guardava con insistenza e ad un tratto mi sentii toccare i genitali con un piede... rimasi quasi impietrito, era lei di sicuro, perché Olga era al mio fianco e la sua gamba non poteva raggiungermi, la donna si divertiva, era evidente, il mio imbarazzo era ben celato, ma i miei pantaloni cominciarono a gonfiarsi... allora presi il piede con la mia mano e lo posizionai ben bene sulla patta, ostentando una sicurezza incredibile, Olga si accorse di qualcosa e allora si avvicinò di più per coccolarmi e stuzzicarmi, l'uomo disse " ... Ma voi siete per lo scambio completo o solo... parziale..." non risposi, Olga mi aveva portato e lei doveva risolvere la situazione, ma visto che nulla si muoveva, dissi "Parziale... ma...tutto può accadere se l'atmosfera è giusta", intanto la donna continuava a muovere il suo piede sulla mia patta, ottenendo un'erezione costretta dentro i pantaloni,

Olga era rossa come un peperone, ma anche eccitata, le sue pupille erano diventate enormi... e poi... il suo profumo, non quello della profumeria, quello della sua eccitazione... lo sentivo. Lo percepivo, era acido forte, particolarmente acre, inconfondibile... osai, osai e la mia mano da sotto il tavolo si insinuò fra le cosce di Olga e dentro gli slip. Era una cascata di umori, un grondare di eccitazione, allargò un po' le gambe e la mia mano penetrò la sua caverna e una smorfia mal celata di piacere trasformò il suo viso... "Non ci resta che andare in camera...", disse l'uomo con un intuito quasi paranormale.

Io prima volevo parlare con Olga, io non volevo che lei scopasse con lui, non volevo proprio, mi dava un senso di fastidio mettere il cazzo dentro una figa che cinque minuti prima era stata occupata da un altro cazzo e poi era la mia donna... o era la mia fica?? Ma lo stesso valeva per l'altra donna, il suo uomo cosa avrebbe fatto? Ero eccitatissimo e spaventatissimo, comunque ci alzammo e ci dirigemmo verso l'uscita, ovviamente io non pagai, venni un po' umiliato dal tizio elegante, andai alla cassa ma lui mi disse prima che io arrivassi "Tieni i soldi per le scarpe... è già tutto pagato", e con le pive nel sacco, rimasi zitto e entrai in una macchina di lusso, nera, con interni di un materiale mai visto... accanto avevo Erika, Olga andò davanti, imbarazzata come mai vista prima, infatti l'uomo elegante, Fabio aveva messo una sua mano sulla coscia e anche io ero un po' turbato e impacciato, infatti non sfiorai Erika per tutto il tragitto che però fu breve, infatti entrammo in un garage sotterraneo e con un ascensore interno arrivammo davanti ad una porta, senza passare da nessuna accettazione o altro, Fabio estrasse una chiave ed entrammo... mai visto un lusso così, parquet ovunque, un piccolo bar pieno di bottiglie di vario genere, un piccolo salotto con poltrone di velluto rosso e un tavolino con ruote, poi un bagno stratosferico almeno per me e per Olga lo era di sicuro, era una camera enorme con vasca bianca che contrastava con il pavimento nero, e poi tappeti, profumi, bottiglie con sali... io facevo l'indifferente, ma ero abbagliato da tanto luccichio e ricchezza, poi vi erano due stanza da letto, con due letti matrimoniali cadauno.

La tensione saliva e l'imbarazzo anche, era evidente, palpabile, spessa come una coltre di neve in inverno... ma ci pensò Erika a sciogliere il freddo, infatti mise un disco di vinile 33 giri che riproduceva una musica soft adatta per uno spogliarello e infatti iniziò sorniona con movenze sensuali a spogliarsi... noi tre eravamo seduti su un divano Olga era fra me e Fabio, Erika sfilò via la maglia e rimase in pantaloni e reggiseno, si avvicinò e mi invitò a spogliarmi a mia volta... ma prima versò in un bicchiere un liquore e me lo porse... aveva capito che il mio imbarazzo era forte... e poi spogliarmi davanti a Fabio, per me non aveva senso, comunque sorseggiai il liquido che mi bruciò le labbra, ma non continuai, avevo paura di non controllarmi, non sono mai stato abituato a bere, avevo paura di quella situazione, guardavo Olga e cercavo di farle capire che volevo andare via, via, via... ma a quel punto accadde qualcosa che io non mi aspettavo... Olga si avventò su di me e prese a baciarmi avidamente e prese a spogliarmi, sbottonandomi i bottoni della camicia uno ad uno con i denti, mentre con le mani cercava di sbottonarmi la cintura, io cercavo di fermarla ma ormai era tardi, perché il mio cazzo era diventato duro come il manico di una zappa, e Olga l'aveva preso in mano e lo muoveva con lentezza e leggiadria... Erika era divertita non dal mio arnese, ma dalla situazione di imbarazzo, infatti disse... "Sei il ragazzo più spudoratamente timido che abbia mai visto... voglio essere scopata da te, perché per te è sempre la prima volta, anche dopo 1000 volte", disse qualcosa del genere, non ricordo le parole precise ma Olga mi guardò con complicità e prese le mie mani e le mise sui suoi seni... sapeva che mi piacevano da impazzire, infatti venni colto da un sussulto di ingenuità primitiva che sciolse Erika che si chinò e prese in bocca la mia cappella, mordicchiandola leggermente, io non mi girai verso Fabio, provavo un senso di innata vergogna, infatti tenevo gli occhi semichiusi, godevo del momento, ma non volevo che lui si avvicinasse a me... mai avrei voluto.

Adesso era Erika che prendeva l'iniziativa e aveva allontanato Olga che si era seduta accanto a Fabio, che ancora vestito di tutto punto, osava solo mettere una mano sulla coscia della mia attuale compagna... e la cosa m'infastidiva alquanto... ero geloso? O cosa? Non era quello il momento di fare psicologia spiccia, avevo due donne che mi desideravano, era evidente e un uomo che volevo allontanare... ma una domanda mi tempestò il cervello, chi era l'uomo che volevo allontanare? O da che spettro volevo allontanarmi... non potevo permettermi queste domande adesso, proprio no, l'unica soluzione era andare avanti in questa grottesca situazione e godere di quel momento che poteva regalarmi sensazioni mai provate prima... allora tornai indietro nel tempo con la mente a molti anni fa, quando capii per caso che la seduzione e lo stupore dell'ingenuità poteva colpire più un pugno, a quando per caso notai come una suora dell'orfanotrofio rimase gratificata del fatto che guardavo il suo enorme seno, e di come guardavo stupito il suo sistemarselo con le mani e il suo toccarsi di nascosto... quella volta avevo casualmente capito che lo stupore attrae più di un corpo statuario, la semplicità dello sguardo, il meravigliarsi della situazione stessa, lo stupirsi della bellezza altri, lo stupirsi della propria consapevolezza sessuale e della propria timidezza... ricordi da bambino, ricordi da adolescente, ricordi da ragazzo, ricordi da giovane uomo... memore di questo, mi lasciai andare quasi del tutto... quasi, ho molta paura a lasciarmi andare completamente, ma il quasi è da già risultati eccezionali... allora presi io a spogliarmi, cominciai a dare spettacolo, tenevo gli occhi chiusi, ero io a fare lo strip e mentre sfilavo la camicia toglievo di dosso un po' di prigionia e mettevo una pietra sopra un ricordo brutto, sfilavo la maglietta e mostravo il mio petto e mentre mi toccavo schiacciavo con la mente una visione brutta e la trasformavo in erezione esplosiva, toglievo i pantaloni e il mio sorriso si apriva e contemporaneamente si chiudeva una porta con dietro un brutto ricordo, sorridevo beato di questa libertà, sorridevo godendo di questa libertà conquistata, volavo sulle loro teste, li oltrepassavo, non avevano segreti per me, ora non temevo più neppure l'uomo, sapevo che non voleva me, e che non avrebbe mai potuto raggiungermi, nonostante le mie scarpe sporche e i miei abiti fuori moda... mi muovevo e godevo dei miei movimenti e del mio stato mentale ed ero stupito che loro nonostante fossero più grandi di me, fossero prigionieri di loro stessi e dei loro ormoni... cominciai a menarmi il cazzo davanti a loro, sempre con gli occhi chiusi, danzavo e continuavo a masturbarmi... godevo ora della situazione, il cazzo era gonfio, il petto anche, gemevo, Erika si avvicinò, voleva succhiarmi e leccarmi, ma io mi allontanai e continuai a danzare, ormai ero completamente nudo, le due donne si

spogliarono, Olga mi guardava allibita e gonfia di desiderio...
Fabio era eccitatissimo nel vedere le due donne che cercavo
di prendermi, ma venivano respinte... anche lui accennò a
spogliarsi, lo vidi e un mio sguardo lo fece bloccare, non
volevo altri uomini nudi oltre me, Erika galvanizzata da
questo gesto, iniziò a toccarsi la fica, gemendo di piacere,
seguita a ruota da Olga... erano ai miei piedi, volevano il mio
cazzo, volevano essere scopate, penetrate, possedute, ormai
non avevano più freni, Erika guardava Fabio e poi guadava
me... i suoi sguardi erano pieni di desiderio... a questo punto
presi Olga per un braccio e la portai nell'altra stanza, lasciando
la porta aperta, l'appoggiai al muro con il culo verso di me
e la penetrai alla con forza facendola urlare dalla sorpresa,
nonostante la sua fica grondasse di eccitazione e lussuria, la
sbattevo con forza, i miei colpi squarciavano il silenzio della
notte, le mie mani torturavano i suoi seni, ma scesero sui
fianchi per prenderli e spingerli contro il mio cazzo duro e
caldo... i gemiti di Olga si trasformarono in urla di piacere,
ed il mio fiato rotto dall'eccitazione andava a ritmo con i
miei colpi, entrarono i due ormai nudi e eccitatissimi... si
gettarono nel letto e cominciarono a scopare guardandoci,
io non li vedevo erano alle mie spalle, li sentivo solamente,
il loro amplesso fu intenso ma breve, mentre io continuavo
a sbattere Olga appoggiata al muro, il loro orgasmo non ci
interruppe, anzi Erika si avvicinò e mi leccava il culo mentre
si muoveva avanti e indietro per penetrare Olga... il mio
fiato si fece roco, stavo per svuotarmi, Olga aveva già avuto
il suo orgasmo, rumorosissimo e intensissimo, da quando
scopavamo insieme, io non consideravo un rapporto finito,
se lei non aveva raggiunto l'orgasmo, era un mio principio,
un mio orgoglio, a volte andavo avanti fino a consumarmi

il cazzo, ma lei era felice di questo, quando i miei gemiti si fecero lunghi e profondi Olga si girò, guardò Erika con aria di sfida, come per dire, questa è roba mia e prese il mio cazzo in bocca, non ebbe bisogno di muovere troppo la lingua che io esplosi dentro di lei... non si tolse il cazzo dalla bocca nonostante la copiosità della mia sborrata... bevve tutto fino all'ultima goccia, facendomi impazzire di piacere, mentre spruzzavo la sua lingua si muoveva intorno alla cappella, gemeva anche lei... e continuava a bere il nettare della vita... la sua sfida verso Erika era stata vinta... non le aveva lascito una sola goccia. Una sola stilla... il mio cazzo uscì dalla sua bocca rosso come un peperoncino e pulito come dopo una doccia... spossato mi gettai in terra, sussultando ancora... ma senza guardare in viso nessuno... nemmeno me stesso...

Andai in bagno, lo specchio mi rendeva un'immagine diversa dai miei pensieri... pensieri che mi riportarono indietro nel tempo... forse troppo indietro... alle mie spalle un ricordo sorrideva inquietante, alla mia destra una mano sulla spalla mi fece sussultare, era un altro ricordo che parlava con un altro ricordo alla mia sinistra... il mio sorriso dialogò con loro, il mio cazzo moscio li cacciò da dove erano venuti...

Tornai nella stanza nudo e sorridente... e dissi "BENE ORA POSSIAMO COMINCIARE..."

Capitolo 8

... Un bip bip sul cellulare disturbò il mio torpore mattutino, volevo ancora dormire, il caldo era opprimente già alle otto di mattina e l'umidità aveva già riversato litri di acqua sulla mia pelle che luccicava e brillava come le luci di una città nel buio della notte... chi mi voleva? Chi turbava questo immobilismo estivo?

Presi svogliatamente il cellulare, schiacciai il tasto per la lettura, bagnando lo schermo di sudore, cominciai a leggere... *cinque anni fa avresti trascurato la guancia, avresti preferito altro, sei invecchiato, ciao Giulia...*

Giulia? Ancora lei? L'avevo incontrata dopo cinque anni, giusto ieri, la nostra relazione si interruppe perché i suoi studi la condussero all'estero, in Inghilterra, ora era tornata e si era stabilità qua, aveva un lavoro stabile; gran bella ragazza Giulia, gran bel carattere, forte, volitiva, caparbia, amava le sfide. Anche a letto amava le sfide, con me e con se stessa, era sempre una sorpresa, ricordo quella volta che lo facemmo nel confessionale di una chiesa, un pomeriggio assolato di un'estate, fu un'esperienza a dir poco... divina...

Ma la sua vera specialità, quello che più amava fare, quello che faceva meglio. era sicuramente il pompino... adorava leccare lentamente il pene in tutta la sua lunghezza e larghezza, la lingua andava su e giù delicatamente, non trascurava i testicoli che fremevano alle sue carezze, poi le sue labbra cingevano la cappella che veniva inglobata e massaggiata dalla lingua in un turbine di umidità e sensualità e profondità, adorava cambiare ritmo, quando si accompagnava con le mani passava da un ritmo lento, calmo, tranquillo ad un ritmo veloce e frenetico per poi ritornare alla lentezza dell'inizio... non trascurava nulla, proprio nulla, la sua lingua sapeva scovare ed umettare ogni angolo della zona, si della zona, per lei il pompino era un pranzo regale dove il pene era soltanto il dessert... il resto del pasto erano glutei, ano, testicoli, inguini, addome... una vera esperta insomma, i suoi pompini duravano anche delle ore... su e giù, su e giù, avanti e indietro, calmo e veloce... ti portava quasi al massimo piacere, per poi rallentare e calmare la situazione... ma senza fermarsi, mai... voleva possedere il piacere altrui, si nutriva di piacere, le sue mani si appropriavano dei glutei a volte e mentre la bocca le labbra e la lingua, tormentavano il pene le dita lentamente si facevano strada fra le due rotondità e violavano l'ano, con delicatezza estrema...questo per lei era il "possesso dell'uomo" così lo chiamava lei, i suoi giochi sarebbero andati anche oltre, ma la mia "sottomissione" si fermava e non andava oltre, ma chissà... dove sarebbe voluta arrivare...

Andava avanti fino allo spasimo, il mio pene sembrava scoppiare, cambiava colore, diventava paonazzo, gonfio, turgido, ma non contenta, continuava solo con la lingua a solleticare delicatamente la cappella con piccoli colpi, che regalavano scosse elettriche potentissime, ma erano insufficienti per l'esplosione finale, esplosione finale che quando arrivava inondava con grandi fiotti di seme caldo tutto il pene in tutta la sua lunghezza e lei rinvigorita di questa nuova linfa, continuava il suo movimento manuale, su e giù, concentrandosi sulla parte più sensibile, massaggiando con cura estrema continuando per vari minuti, incurante degli spasmi di piacere da cui ero preso, sempre ero costretto a soffocare le mie urla con un cuscino, dovevo schiacciarlo sulla faccia per evitare di fare sentire all'intero vicinato l'orgasmo raggiunto, sono sempre stato un po' rumoroso nelle mie manifestazioni... intime... ma forse perché il piacere che Giulia sapeva regalarmi con la bocca erano veramente la quinta essenza del piacere, una vera esperta insomma, il piacere era anche il suo, ecco il suo segreto, lei provava un immenso piacere nel "possedere un uomo", possedere la sua parte più intima e invulnerabile, l'ano e la sua posizione ne fare i pompini non era una casualità... lei era sempre sopra, mai chinata o altro, sempre sopra... spesso arrivava anche lei all'orgasmo, infatti mentre la sua bocca e la sua lingua si impegnavano alacremente, le sue mani toccavano la sua vulva ed il suo clitoride, non voleva essere toccata, doveva farlo lei.

Ho sempre rispettato la sua grande libertà... in tutti i sensi... Mi abbandonai ai ricordi... e la mia eccitazione crebbe a tal punto che ebbi la tentazione di scaricarmi... facendomi una doccia, ma un bip bip del cellulare mi fece cambiare idea... un sms di Giulia: *ti aspetto alle 9 a casa mia, solito indirizzo, prendere o lasciare.* Io risposi immediatamente... *vengo...*

Feci la doccia, quella sì, la mia eccitazione cresceva in maniera quasi imbarazzante, la situazione era tesa, prima i ricordi, l'incontro intrigante e misterioso.

Mi tuffai in strada, la casa di Giulia era a due passi dalla mia abitazione, caldo opprimente, afa insopportabile, eccitazione al massimo, non vedevo più nulla, nemmeno i semafori, due minuti esatti ed ero sotto casa sua, nemmeno un fiore, nemmeno un regalo... o forse ero io il regalo?

Incurante di questi particolari suonai il campanello, l'idea di un pompino fatto da Giulia mi stuzzicava alquanto...

"Chi e?" "Antonello", "Sì vieni pure... conosci la strada".

La strada la conoscevo eccome, in un attimo ero su da lei.

L'avevo vista ieri, ma oggi era già diversa, aveva tinto i capelli, ora erano di un nero corvino che la rendevano aggressiva, corti arrivavano sulle spalle, un caschetto asimmetrico, trucco appena accennato, solo la matita sugli occhi... ma un rossetto rosso scarlatto faceva immaginare ciò che voleva... indossava un kimono rosso fuoco, che arrivava poco sotto gli inguini, stretto in vita da una cintura nera, scalza, unghie con smalto nero, e una carica sensuale mai vista prima...

Cinque anni fa era bella, ma la sua sensualità ora era decuplicata, fa bene studiare, pensai fra me e me, se questi siano i risultati...

"Entra ti aspettavo...", "Sei splendida oggi", risposi io colpito da tanta sensualità aggressiva... non mi diede il tempo di dire altro, chiuse la porta e si avvinghiò alle mie spalle, stringendo le gambe attorno alla mia vita, mentre le sue mani si tenevano al petto, io per non cadere in terra entrai in camera da letto e mi gettai sul giaciglio con Giulia ancora sopra, volevo stare al suo gioco, sapevo che a lei piace gestire la situazione, in altre circostanze e con altre donne avrei fatto diversamente, ma con lei la "sottomissione" come la chiamava lei. Era una situazione piacevolissima, almeno i miei ricordi dicevano questo, quindi memore di ciò, mi lasciai andare e rimasi sdraiato sul letto a pancia sotto, vestito, ma pronto ad essere spogliato da lei. Prese le mie braccia e le mise sopra la mia schiena, molto vicine fra di loro, d'improvviso sentii qualcosa di freddo attorno a loro ed un rumore metallico... click clak... manette, mi aveva ammanettato le mani sulla schiena, la cosa mi creò qualche problema, non mi piaceva, capisco la possessione ma questo andava oltre i miei canoni, privarmi della mia libertà... mi girò a pancia in su e le sue mani cominciarono a massaggiare lentamente le mie gambe, dal basso verso l'alto, con estrema cura... poi avendo i calzoni corti e larghi di gamba, introdusse le sue mani dentro e arrivò a toccare il mio membro che si era già preparato ad ogni evenienza... le sue sagge mani, lo scollarono dai boxer e sempre nascoste cominciarono ad andare su e giù, incuranti dei pantaloni stessi... che strusciavano contro di esso... questo durò per cinque interminabili minuti, alternando ritmi e cadenze... poi allargò la cintura, la apri con la bocca e sempre con la bocca abbassò la lampo, cominciò a mordere il mio membro ancora racchiuso dai boxer, pulsava, fremeva, sapeva quello che lo attendeva... le sue mani poi abbassarono i pantaloni ed i boxer e il mi ritrovai nudo dalla vita in giù, con le mani chiuse dietro la schiena, la posizione non era l'ideale per la libertà di movimento, mi sentivo anche un po' a disagio, ma nessuna parola passò fra di noi... Giulia mi girò, e cominciò a trafficare con le manette, sentì lo scatto che liberò i miei polsi ma immediatamente le mie braccia furono ammanettate alla testiera del letto, ed io mi ritrovai crocifisso a pancia sotto, la cosa mi piaceva poco... chissà cosa avevo Giulia in serbo per me... una benda scura fu sistemata sui miei occhi... ero fatto, ero suo, completamente suo.

Gridare? Inutile, sapevo che non voleva farmi del male, ma cosa voleva fare?

Cominciò a leccarmi le gambe, fin dalle caviglie, risalendo ai polpacci per arrivare fino al gluteo e alla schiena, strusciando a tratti il seno, che non vedevo ma che sentivo sopra di me in tutto il suo turgore, poi passava all'altra caviglia e gamba, le sue mani massaggiavano i miei inguini, sfioravano il pene, senza mai toccarlo... questa era la sua tecnica di sfinimento, mi abbandonai, ormai ero tranquillo, quando una sensazione diversa mi incuriosì... mi sentivo leccare schiena e gambe contemporaneamente, la cosa non era possibile, i miei sensi mi ingannavano... cercai di girarmi e per quel poco che riuscii a percepire vidi due figure femminili intorno a me... Giulia mi tolse la benda... la mia testa piegata di lato vide Erika, una nostra vecchia amica, fra me e lei non vi era mai stato nulla, ma ora a vederla qui, mica male... robusta ma non grassa, tondetta e sensuale, capelli neri, labbra spesse, seno abbondante... una piccola Venere di Milo, era coperta di aria... pronta ad ogni evenienza...

Mi lasciarono libero per poco, sempre senza parlare mi ammanettarono nuovamente al letto ma a pancia in su. Ero eccitatissimo e ridicolo nello stesso tempo... potente... ed in balia di due donne vogliose e strane.

Erika, allargò le cosce e appoggiò il suo sesso sul mio viso... anche volendo non potevo rifiutare tanta delizia, cominciai a gustare quel giardino fiorito, accompagnato dalle sue mani, essendo le mie, prigioniere, sensazione stupenda di donna, sentivo fremere le sue labbra sotto i miei colpi, dolce vendetta... si apriva sempre di più, potevo arrivare dove volevo, continuavo a tormentare e gustare quello splendido giardino, quando fui io a gemere improvvisamente... Giulia si era impossessata del mio pene e lo stava ingoiando avidamente, andando su e giù, senza pausa alcuna, mentre Erika, aveva cambiato posizione e ora mi regalava anche le pieghe dei glutei e il suo prezioso foro...

Giulia smise di leccare, si alzò e senza tanti preamboli introdusse il mio pene dentro di se, non ebbe alcuna difficoltà a entrare... umidità e eccitazione non mancavano, si muoveva energicamente, senza curarsi di me, ma la cosa che più mi sorprese fu che le due donne si baciavano avidamente fra di loro, io ero solo uno strumento di piacere, non che mi dispiacesse, sia ben chiaro, anzi la situazione era decisamente eccitante, quasi nuova per me.

Fra un colpo di lingua e l'altro attorno al giardino di Erika, mi divertivo a guardare il mio pene che scompariva dentro Giulia per poi ricomparire e di nuovo sparire... che gioco di movimenti, che coreografia fantastica, le mie mani avrebbero voluto toccare i seni delle donne, ma la mia prigionia mi impediva questo, Giulia conosceva la mia resistenza ed approfittava per giocare su e giù... le sue mani stringevano le testa di Erika e la guidavano nel bacio profondo.

Le due donne si diedero un'occhiata d'intesa, in un balzo fu Erika sopra di me... la sensazione fu diversa, Erika aveva un attrito diverso. Temetti di venire e contrassi i reni, Erika si muoveva lentamente, aveva un altro ritmo, scivolava su di me, non lasciava mai uscire il pene da lei, lo inglobava e lo possedeva senza dare nessuna possibilità di libertà... comunque era una bella prigionia... Giulia mentre Erika mi cavalcava, leccava il mio petto e le me labbra...

Mi sentivo prigioniero in realtà, le sensazione fisiche erano piacevolissime, ma qualcosa mi dava fastidio, l'assenza di libertà mi pesava, il non poter gestire i miei movimenti e le mie voglie mi turbava. Volevo cambiare la situazione, dovevo, non sapevo ancora come, certo resistere a questo gineceo infoiato non era affatto facile, specialmente nelle condizioni in cui ero. Legato e sopraffatto... cosa potevo escogitare... cominciai ad osservare le due donne, Giulia la conoscevo da tempo e sapevo cosa voleva e cosa le piaceva, lei adorava il controllo totale della situazione, ma non solo quella fisica, voleva controllare anche l'orgasmo del suo partner, quindi guardava ogni smorfia, ogni movimento di ogni muscolo per capire quando era il momento di fermarsi o riprendere il movimento, Erika per me era una perfetta sconosciuta, avida di sensazioni avida di umori, apparentemente incontrollabile inafferrabile... ma anche lei aveva il suo punto debole, ognuno di noi ne ha uno.

Cominciai con estrema difficoltà a trattenere i miei gemiti di piacere e i miei movimenti quasi involontari... per godere appieno delle sensazioni... questa nuova situazione creò un certo disagio nelle due donne, infatti Giulia che conosceva gran parte delle mie voglie, si staccò dal mio petto e cominciò a mordermi il collo fino ai lobi delle orecchie per poi tormentarmi le spalle con piccoli e saggi morsi... accompagnati da graffi sottili, immensa fu la mia difficoltà nel non reagire, cominciai a pensare ad altro, ad un panorama montano, dove tutto è calmo e tranquillo, ma Erika, disturbata da tanta indifferenza, si gettò a capofitto sul mio pene e cominciò un lungo movimento ondulatorio... il mio pene entrava ed usciva completamente dalla sua bocca e poi ancora, ancora, le sue mani invogliavano la sua turgidità, massaggiando i testicoli dal basso verso l'alto e dopo, non paga le sue mani cominciarono a frugare ogni mia intimità, lentamente, ma sapientemente... mi sentivo incredibilmente potente ora, riuscivo a controllare le mie sensazioni... questa era una bella... sensazione... si questa si che era bella, meravigliosa, il mio membro rimaneva teso e turgido ma era quasi assente dal gioco, tronfio di un ruolo mai avuto prima...

Questa immobilità spiazzò le due donne che per dare una svolta alla situazione, cominciarono a baciarsi fra loro, con le teste appoggiate sul mio petto, vedevo le loro lingue intrecciarsi e le loro labbra serrarsi e dischiudersi, sentivo il loro fiato e vedevo le arterie del collo pulsare... la mia eccitazione rimaneva imperiosa ma contrastava con la mia totale assenza di partecipazione, sconsolate senza dire una parola, Giulia prese le chiavi delle manette e liberò le mie braccia... ero libero, libero... immediatamente afferrai le due ragazze per la testa, e le avvicinai con forza al mio pene eretto... si trovarono a tu per tu fra di loro con in mezzo uno strumento di piacere, guidai le loro teste sopra di me... loro cominciarono a baciarsi usando il mio membro come terzo... incomodo, ora le loro lingue e le loro labbra si contendevano insieme la mia virilità, bellissimo vedere come passava di bocca in bocca, sembrava un'infinita partita a ping pong... ora ero io che controllavo, potevo anche gemere o urlare, ma decidevo io... ora Erika si occupava della parte alta e Giulia della parte bassa. Sensazione di completezza incredibile, le mie mani facevano affondare le teste dove volevo io e non trascuravo nulla, ero stanco di questa situazione, mi girai improvvisamente e mi alzai, incurante di tutto mi infilai sotto la doccia e cominciai a lavarmi ed insaponarmi... con tutta calma, con estrema lentezza, toglievo di dosso la prigionia subita... volevo tornare ancora più libero... dopo che presi il mio tempo, tornai in camera e vidi le due ragazze che si toccavano a vicenda, erano una accanto all'altra, divaricate, eccitatissime, vedevo la loro eccitazione nell'aria, molecole profumate entravano nelle mie narici... le loro dita affondavano nelle loro caverne e si muovevano con moto rotatorio... era uno spettacolo veramente eccitante, i loro occhi mi invitavano a possederle, era chiaro,le mani di Erika abbandonarono il corpo il corpo di Giulia e insieme si posizionarono sul suo sesso aprendolo per me, vedevo la caverna pulsare, aveva dei piccoli movimenti quasi impercettibili... rossa come un tizzone nella notte... le sua lingua bagnava le labbra, e i suoi denti mordicchiavano l'aria. Volevo vendicarmi della prigionia subita... Giulia ed Erika cominciarono nuovamente a toccarsi fra di loro, io presi il mio pene in mano e iniziai a muovere la mani su e giù... le due Ragazze si avvicinarono... ma io le tenni a distanza... continuavo a muovere la mano... loro si toccavano e speravano in qualcosa da parte mia... Giulia non resisteva più, affondava una mano nella caverna e con l'altra si massaggiava il pube, io continuavo nel mio movimento, su e giù, su e giù... lento prima, veloce poi, finché la mia resistenza si concluse e io scoppiai in un ondata calda... il mio corpo fremette a lungo... ore di rapporto ed eccitazione continua... provocarono degli spasmi parossistici... gemetti a lungo, molto a lungo... a questa vista le due ragazze si concentrarono su di esse ed in poco tempo anche loro raggiunsero il piacere, contorcendosi e urlando, Erika ebbe un orgasmo lunghissima da invidia, contrazioni lunghissime scossero il suo corpo... estasi pura...

Giulia la seguì a ruota, conoscevo i suoi orgasmi, questa volta fu diverso, ebbe si l'orgasmo, intenso, lungo, si contrasse più volte... non gemette... non fiatò quasi... continuò a guardarmi per un lungo, lunghissimo istante, i suoi occhi penetrarono la mia pelle, frugarono i miei pensieri... non l'avevo mai vista così... mai...

Sempre senza dire una parola, quasi spaventato e confuso. andai via senza voltarmi.

Sapevo in cuor mio che le avrei riviste.

Capitolo 9

... Giulia, ancora lei con i suoi messaggi al cellulare, intrigante e sempre piena di sorprese, l'ultima volta andai via un po' confuso, ma può capitare... ora chissà cosa mi attendeva.

Il messaggio citava così: *ora noi due, dopo chissà, ti aspetto ore 14,00 Giulia.*

Ero già eccitato, i suoi pompini facevano esplodere il mio piacere con splendore estremo, la sua bocca carnosa, la sua lingua... ma ora? Il dopo m'intrigava ancora di più dei suoi pompini.

Doccia veloce, boxer larghissimi e via verso l'ignoto, o quasi almeno.

Il campanello, le scale, la porta e infinitamente Giulia, mi accolse con un gran sorriso, vestita con un semplicissimo tubino nero, che metteva in risalto le sue forme, molto scollato davanti con il seno che schiacciato, mostrava spudoratamente i capezzoli attraverso il vestito stesso e una collana che scendeva fra la piega del décolleté, una fragranza di incenso invase le mie narici che raccoglievano queste molecole e le assaporavano, ma anche il profumo di Giulia era presente, fresco, speziato, ma qualcosa di nuovo era presente, mi sfuggiva l'origine, ma lasciai perdere, Giulia era veramente eccitante oggi, non aveva un filo di trucco, e i capelli erano raccolti con una semplice pinza, mi piaceva quel pettinato spettinato, mi è sempre piaciuto.

L'abito cadeva liscio, non si vedevano pieghe intorno alla vita, era evidente che non indossava biancheria intima, lo faceva spesso anche quando usciva, a lei eccitava molto questa cosa e poi il vestito così... cadeva meglio... arrivava sotto il ginocchio, più da sera come vestito, ma questo poco importava...

La luce del pomeriggio passò attraverso la grande porta finestra e mi regalò un controluce notevole, le gambe di Giulia da sotto il vestito, che trasparente lasciava intravedere anche il ciuffetto di peli pubici che ribelli tagliavano la trasparenza... il mio cazzo cominciò a muoversi dentro i boxer larghi e frenò la sua salita urtando contro i pantaloni e la coscia, probabilmente qualcosa si vedeva e io non mi vergognavo di questo, con Giulia la mia timidezza e riservatezza spariva, veniva annientata dalla mia e dalla sua eccitazione prorompente.

Una cosa nuova colpì il mio sguardo, un grande tatuaggio sulla schiena scoperta, un grande sole con molti raggi, con uno più grande degli altri che scendeva come un serpente lungo la colonna e spariva sotto il vestito, sembrava indicasse la via per il piacere, già lo vedevo insinuarsi fra i glutei per poi sparire dentro di essi e continuare con il mio cazzo che spariva a sua volta in quel solco profondo e umido... il culo di Giulia, uno spettacolo, una meraviglia della natura, in realtà non avevo mai violato il suo buco più segreto, mi dava così tanto che non ho mai osato neppure chiedere, ma oggi era giorno di sorprese no?? Non mi aspettavo nulla o forse mi aspettavo di tutto.

Giulia alzò tutte le tapparelle e chiuse tutte le tende, la luce calda che entrava rendeva l'ambiente ovattato e il fumo prodotto dall'incenso, sembrava un miraggio che danzava per noi, un caffè... amaro, quello volevo, volevo il gusto dell'amaro in bocca per contrastare il gusto del dolce del bacio di Giulia e poi volevo godermi la scena di lei che sorseggiava la bevanda, "Mi fai... un caffè? ho voglia...", "Subito, ho un miscela arabica magnifica...", guardavo Giulia mentre preparava la macchinetta, le sue mani piccole afferravano il cucchiaino con estrema grazia, in realtà le vedevo già addosso a me, poi riempivano il contenitore con cura, il suo sguardo era concentrato sul da farsi e la sua lingua leccava le labbra come un segno premonitore, sentì quasi un dolore profondo quando strinse la caffettiera... ma quel dolore mi fece rendere conto che ormai il mio cazzo era pronto ad ogni evenienza, bastava solo quello per farlo alzare? Compresso dalla lampo e dai jeans fui costretto a dare una sistemata con la mano per liberarlo e liberarmi dal dolore costrittivo, Giulia si accorse di questo e senza pensarci un attimo prese la mia mano e la infilò sotto il vestito, facendomi toccare la sua intimità già umida e pronta, senza mai togliere lo sguardo dal mio, la sua mano muoveva la mia e le mie dita affondavano e uscivano, ma il rumore del caffè che usciva con impeto dalla caffettiera interruppe questo gioco, ma questa interruzione contribuì non poco a far aumentare l'eccitazione... Giulia versò il caffè nella tazzina... io la presi e l'aroma della bevanda si confuse con l'odore di Giulia che avevo fra le dita, che miscuglio di profumi... eccitante, veramente eccitante...

Le labbra di Giulia si appoggiarono alla tazzina, carnose, morbide... vedevo il liquido nero penetrare all'interno della sua bocca, causato da un leggero risucchio, i suoi occhi scrutavano la mia patta evidentemente gonfia e io sfacciatamente stavo con le gambe larghe, comodo per me e comodo per la sua vista.

Non capivo che sorpresa volesse farmi, per ora era tutto normale, se così si può dire, tutto nella norma per me e per Giulia.

Avevo una voglia matta di sentire la sua bocca sul mio cazzo, la sua abilità nel fare i pompini mi mandavano in estasi, anche se non c'erano sorprese, questo era almeno assicurato e non solo questo, posai la tazzina sul tavolo e mi inginocchiai davanti a Giulia infilai la testa sotto il vestito dopo aver allargato le gambe e la mia lingua iniziò a frugare fra le sue labbra, profumate, acide e grondanti di piacere, le sue mani da sopra il vestito mi guidavano nell'opera e questo mi eccitava ancora di più, infatti fui costretto ad abbassare i pantaloni e liberare il cazzo ormai durissimo dai pantaloni per evitare fratture e contusioni, e mentre leccavo lo tenevo in mano come per avvisarlo... adesso tocca a te...

Ma Giulia stranamente si alzò e mi condusse nella camera da letto, lei abituata a farlo ovunque, voleva la comodità di una posizione orizzontale, la mia eccitazione ed il mio cazzo la seguirono, seminando abiti lungo il tragitto, mentre lei era ancora vestita, nessuna sorpresa... ma grande eccitazione, arrivata in camera apri l'armadio tenendo la porta a specchio quasi aperta a tre quarti, ci riflettevamo ma non completamente, almeno io non vedevo completamente tutti i nostri corpi, non capivo, ero troppo eccitato e non mi fregava più di nulla volevo solo bocca e fica.

Si gettò nel letto a pancia sotto appoggiando le braccia aperte, io mi gettai addosso, già nudo e rigido in tutti i sensi, proprio tutti i sensi, cominciai a morderla sul collo e sulla schiena mentre le mie mani tentavano di sollevare il vestito che nella sua aderenza mi creava qualche difficoltà, Giulia gemeva forte, specialmente quando i miei denti affondavano nelle spalle morbide e tornite, si inarcava e allargava le gambe come per istinto, quel dannato vestito troppo stretto, lo presi dalla scollatura della schiena e tirai con tutte le mie forze, strappando in due il tessuto, Giulia fece un lungo respiro di liberazione, ora era quasi nuda, solo un piccolo lembo di stoffa fasciava ancora il culo tondo, ma un altro strappo la denudò completamente... Ora era davanti a me, completamente nuda, con le gambe semiaperte, abbandonata alle sue e alle mie voglie, stavo per tuffarmi sulle sue chiappe, quando Giulia si girò e mi guardò con uno sguardo di lussuria incredibile... io rimasi in ginocchio sul letto... lei aprì un cassetto sempre senza togliere lo sguardo dal mio e ne estrasse un cazzo finto di colore nero di dimensioni quasi esagerate, arricchito con due palle sotto, immobili ma apparentemente naturali.

Continuavo a guardare stupito, non credevo ai miei occhi, questo con me non l'aveva mai fatto, prese il fallo con la mano destra, allargò le gambe e nuovamente mi stupì, si infilò il cazzo finto in bocca e con l'altra mano si massaggiava il suo dolce pendio, chiudendo gli occhi dal piacere, io non sapevo cosa fare per la prima volta in vita mia con una donna... cominciai a muovere la mia mano sul mio cazzo, lei mi guardava e sembrava molto divertita da questa cosa... io stavo godendo come un evaso che scappa dal carcere dopo dieci anni di galera, sensazioni visive bellissime, Giulia che ciucciava e che si toccava, sentivo il profumo delle sua eccitazione, saliva prepotente nell'aria... mi tuffai fra le sua cosce e cominciai a leccare avidamente con la lingua le labbra, strisciavo il mento sul suo clitoride bagnavo tutto ciò che era possibile bagnare, che aroma fantastico... di colpo Giulia mi allontanò... mi guardò e con gran piacere mio e suo, allargò le grandi labbra e lentamente si infilò il cazzo finto nella fica bagnata di piacere... muoveva lentamente l'arnese su e giù, fino in fondo per poi farlo uscire e rinfilarlo con velocità diverse, aveva gli occhi strabuzzati dal piacere, anche io ero letteralmente infoiato, ma qualcosa mi sfuggiva, era questa la sorpresa? Io guardavo e mi menavo il cazzo che reclamava una sua parte di umidità e ingressi, Giulia si girò a pancia sotto alzando il bacino, continuando a giocare con l'arnese che ora manovrava dal basso, aveva la testa appoggiata sul letto e continuava a guardarmi con gli occhi pieni di voglia, cominciai a baciare le sue chiappe avidamente, le mordevo, ormai non mi tenevo più, leccai la piega dei glutei fino a bagnare il buco ancora inviolato, non opponeva alcuna resistenza, mi lasciava fare, anzi gemeva e godeva ad ogni mio passaggio di lingua, senza esitazione appoggiai la mia cappella gonfia sopra il buco del culo, ma si girò, lasciandomi di stucco... mi fece sdraiare su letto e con mia grande sorpresa mi diede le spalle prese il mio cazzo in mano e... lo indirizzò fra le chiappe, io chiusi gli occhi immaginando l'attrito umido e scivoloso, ma Giulia voleva altro, posizionò il mio membro sul suo buco del culo e iniziò a sedersi sopra, dimenticavo che era lei che voleva condurre il gioco, come sempre, io ero un pistone da piacere, uno stantuffo da usare fino... in fondo... non che la cosa mi dispiacesse, in tutta onestà. sentivo un bruciore intenso, un senso di compressione, uno stiramento forte, diedi un colpo forte, Giulia sussultò, ma io fui dentro di lei... ora ero io che mi muovevo con colpi forti e decisi, le sue gambe si divaricarono per accogliere il mio bacino, ansimava forte, gemeva, godeva, poi si inarcò verso di me, prese il fallo finto e si penetrò da sola... urlando quasi dalla sensazione di pienezza che aveva, io sentivo il fallo finto strusciare contro il mio, attraverso la parete della vagina, potevo anche stare fermo, tanto la sensazione di movimento e di struscio me la regalava Giulia con la sua masturbazione... le mie mani fremevano su tutto il corpo, torturavano il seno e il clitoride, facendo urlare Giulia di piacere, "Non mollare ora", mi diceva, "Spingi forte, dai, ancora", era completamente presa, in tutti i sensi... il mio bacino si muoveva a ritmi proibitivi, sbatteva contro le chiappe di Giulia, uno dieci cento volte al minuto, lei continuava a farsi penetrare dal fallo finto...

Sentivo le mie palle che stavano per scoppiare, ansimavo, respiravo come un centometrista dopo una gara, anche lei stava per venire ne ero certo, sentii dei rumori che non riuscii ad identificare, sul momento non ci feci caso ero troppo eccitato, troppo preso dall'amplesso, ormai ero al limite... ma dalla porta vidi entrare una coppia composta da un ragazzo ed una ragazza, anche loro nudi, che guardavano la nostra danza mentre si toccavano e si baciavano... da quanto tempo erano lì ad osservare? Ora capisco la porta dell'armadio aperta, potevamo essere visti dall'altra stanza, era questa la sorpresa di Giulia, voleva essere protagonista, voleva essere l'attrice principale...

Io rimasi quasi paralizzato, ma l'eccitazione era troppo forte e poi la coppia era veramente uno spettacolo della natura... il mio imbarazzo non mi impedì poco dopo di riempire Giulia del mio seme che uscì copioso e caldo a più riprese, inondando il suo culo, con sommo piacere di entrambi... dovetti mettere un cuscino in faccia, per coprire le urla e anche un po' l'imbarazzo, una tre sei dieci contrazioni all'unisono con Giulia, e la mia eccitazione, lentamente scemò... la coppia continuava a guardarci e a godere di questa situazione... avevano smesso di baciarsi guardavano il mio momento di piacere, come se fosse un attimo da rubare, e ne rubarono parecchi di attimi, Giulia venne insieme a me, il suo orgasmo fragorosamente si fece sentire, godette così intensamente che pensavo fosse stata male... ma così non era, stava d'incanto...

I due ospiti inaspettati, almeno per me, rimasero incantati dal nostro spettacolo. Io in realtà mi vergognavo un po' per me questa era una situazione veramente nuova, rimanevo sotto Giulia per nascondere la mia totale nudità, l'altra coppia riprese a baciarsi ed avvinghiarsi, si strusciavano, Giulia si spostò e mi lasciò solo nel letto, con il cazzo ancora un po' in tiro, e fu proprio questo che mi fece guardare il ragazzo che nonostante la scena appena vista, la splendida ragazza che lo baciava aveva il suo membro completamente moscio e utile solo per pisciare... che tristezza, avrà avuto sì e no 25 anni, gli uomini guardano sempre i cazzi degli altri uomini, i confronti sono sempre nella loro mente e questa volta anche io ero cascato nelle gara inutile. La ragazza era veramente carina, un po' troppo magra per i miei gusti ma proprio bella, seni piccoli ma alti e sodi, pancia piatta, sedere tondo, piccolo ma tondo, privo di ogni smagliatura, aveva un bel ciuffetto di peli, che formavano un bel triangolo quasi regolare... le mani lunghe e magra terminavano con unghie smaltate di rosso.

Improvvisamente la ragazza si avventò sul mio cazzo alla coque e iniziò a ingoiarlo quasi per intero, visto il suo stato alla coque e la lingua lavorava girando in circolo creando un vortice che immediatamente lo fece inturgidire... le sue mani si aiutavano stringendolo alla base, il ragazzo guardava, guardava e basta, quasi immobile, a questo punto intervenne Giulia ancora nuda ed eccitata, il suo odore era inconfondibile, afferrò il fallo finto e lo infilò nella fica della ragazza che quando fu penetrata, succhiò con più foga ancora il mio povero cazzo quasi consumato... gemeva ai colpi di Giulia, che spingeva forte, moto forte, io dalla mia posizione potevo solo vedere il viso goduto della ragazza e di Giulia, si anche lei stava godendo, godeva nel possederla... lo spettacolo era veramente eccitante, i piccoli seni ballavano sotto i colpi di Giulia, segno che erano seni veri, infatti le mie mani li afferrarono e cominciarono a stuzzicare i capezzoli che divennero turgidi in un attimo, nonostante fossi venuto pochi minuti prima, quel trattamento sembrò rinvigorirmi sentivo nuovamente i miei liquidi riempire tutti i miei canali, Giulia continuava a sbattere il fallo finto dentro la ragazza di cui non conoscevo neppure il nome, il ragazzo era in un angolo che guardava senza fare nulla. La ragazza mugolava senza togliere mai il mio cazzo dalla bocca, la cosa mi eccitava, tanto, troppo, il mio addome cominciò a contrarsi, il mio bacino si schiacciava contro la schiena, stavo per venire di nuovo... il mio fiato si fece affannoso, ansimante, stavo scoppiando, accompagnai il movimento della ragazza con i mie movimenti del bacino, su e giù... presi la testa della ragazza volevo allontanarla dal mio cazzo, stavo venendo, ma lei non si staccò... anzi quando capì che stavo per esplodere, fece il suo ritmo più serrato, più veloce... io non volevo arrivare a tanto, ma non potevo fare nulla, il mio cazzo spruzzò dentro la bocca di lei, una volta, due, quattro... non saprei, mentre lei continuava a muoversi con foga, urlai come un dannato, il piacere fu veramente incredibile, diverso da tutto, diverso dal venire nella fica o nel culo, ancora diverso, ancora nuovo, la ragazza mai sazia continuava ancora, le scosse furono fortissime, intensissime, mi svuotò il cervello e il corpo, non si toglieva più il cazzo dalla bocca, finché anche lei venne gemendo e contraendosi, ma senza mai togliersi il cazzo dalla bocca...

Finalmente quando il suo orgasmo finì, mollò la presa... lasciando il mio membro, rosso come il fuoco e pulito come lo stecchino di un ghiacciolo. Giulia era tronfia per il risultato ottenuto e per il suo orgasmo cerebrale... il ragazzo andò in un'altra stanza, la ragazza lo seguì senza dirmi una parola e Giulia su sdraiò accanto a me nel letto, io non avevo la forza di muovere un mignolo, il mio cervello era pregno di pensieri e immagini forti, di donne, di culi... ma un leggero senso di inquietudine mi colse...

Che cosa ero stato io quel giorno...

Un uomo, un cazzo, un corpo...

Ora nessuna risposta, troppo stanco troppo scosso, troppo vuoto...

Caddi in un sonno profondo. Al mio risveglio Giulia era ancora accanto a me, dormiva.

Andai via. l'aria calda del pomeriggio non mi fece bene, a casa una doccia fredda mi rinfrancò un po'.

Le donne... che mistero.

Capitolo 10

... Era inverno, avevo preso qualche chilo di troppo, odiavo andare in palestra, ma fra lavoro e altro questa era l'unica soluzione per tornare tonico e scattante, anche se in realtà... non è che fossi così sovrappeso... ma non scopavo da un bel po' di tempo e avevo energia da buttare... Energia... si quanta se ne brucia scopando bene...

Ma ora ero qui alle prese con pesi e manubri...

Da un lato della palestra vi sono quattro tapis roulant in fila, in questo momento sono liberi è mattina e poca gente frequenta ora, io indosso una semplice maglietta bianca e dei pantaloncini neri corti, non tipo bermuda, in realtà vorrei essere nudo, mi piace stare nudo, appena posso lo faccio, ma a casa...

Salgo sul trabiccolo e inizio a correre, prima piano e poi aumento il ritmo... bello... peccato che il muro è l'unico panorama che vedo...

Il mio sudore comincia a d essere copioso, la maglietta è appiccicata alla pelle, corro da quasi un ora... sento un rumore al mio fianco, mi giro e vedo salire sul tapis roulant accanto al mio una donna, correndo non vedo bene, vado veloce, mi sorride e io rispondo allo stesso modo... indossa una canottiera arancione molto attillata e dei fuseaux neri attillati anch'essi, ma non posso vedere altri particolari, la corsa mi impedisce.

Inizia a correre anche lei, e dopo poco va anche forte, un bel ritmo, vedo le sue braccia che si muovono accanto a me ma null'altro... allora visto che correvo già da tempo, aumento un po' il mio ritmo, per pavoneggiarmi un po' e smetto, con l'intenzione di guardare da dietro la podista solitaria...

Infatti scendo, avvolgo l'asciugamano attorno al collo e mi siedo dietro la donna, ma in posizione tale che lei percepisca la mia presenza.

Che bel panorama... un muro bianco, un attrezzo mobile... e un bellissimo culo a mandolino avvolto da un velo attillato di lycra, il fuseaux è così stretto che si vede benissimo la forma della sua intimità, piccola ma spudoratamente visibile, si distinguono da dietro la fine delle grandi labbra, è evidente che non indossa neppure gli slip o il salvaslip... il culo si muove a destra e a sinistra e i glutei si gonfiano e si sgonfiano seguendo il ritmo delle gambe. La schiena è già imperlata di sudore, anche la sua maglietta ora si è appiccicata alla pelle, ma il reggiseno nasconde bene i capezzoli, anche perché nel frattempo con la scusa di prendere la bottiglia mi sono spostato davanti... interessante, interessante... lo ammetto. Coda da cavallo, viso stretto, occhi chiari, labbra piccole, intorno ai 35 anni molto interessante sì.

Mi siedo nuovamente dietro, anche perché i nostri sguardi si sono incrociati più volte e il suo sorriso ha mosso i miei ormoni e dai pantaloncini qualche movimento ha turbato il tutto...

Al mio fianco si siede un uomo, maturo sui cinquanta anni, tuta lunga, pancia grossa, pulito ma viscido, non mi piacciono gli uomini, specialmente da vicino specialmente se puzzano di dopo barba tipo pino silvestre...

Mi tocca il braccio e mi dice "Bella figa eh??", io sempre discreto ed educato dico, "Sì, bella donna, senza dubbio." e mi lego la scarpa per interrompere il discorso in maniera educata... ma lui continua... "Vorresti scoparla? Ha una figa stretta stretta...", lo guardo fisso in faccia, vorrei tirargli un ceffone a dire il vero, mi piace scopare certo ma questa frase, questa situazione non l'avevo mai provata prima, quindi rispondo con calma "Non la conosco neppure", "Posso presentartela, è mia moglie...", il cuore si fermò per un istante lunghissimo... sua moglie... parlava così di sua moglie... non capivo o mi rifiutavo di capire, volevo alzarmi e andare via ma la mia curiosità mi fece fermare... l'uomo riprese a parlare e disse "Senti ora abbiamo poco tempo, andiamo a fare la doccia così ti racconto...".

Che palle però fare la doccia con lui, non insieme certo ma nello stesso locale, per me non è un problema, in palestra si fa o anche nei campi di calcio, ma se dovevamo parlare di lei, comunque ci avviammo, nello spogliatoio notavo che mi guardava, guardava il fisico ed il cazzo e non solo, il culo le mani il petto, cominciavo ad essere imbarazzato, allora mi infilai sotto l'acqua e lui fece altrettanto, mi porgeva il bagnoschiuma, lo shampoo, io irritato dissi "Mica sono handicappato..." e lui rispose "Volevo vedere se potevi piacere a lei... e sono sicuro di sì, hai tutto quello che vuole e che desidera...", mi sentivo senza pelle... ancora più nudo di quello eri e risposi "Cioè?". A questo punto anche io ero curioso... e lui... "Sei un animale da combattimento... i tuoi muscoli sono naturali non fai palestra, hai un culo sporgente e alto, lei adora le spinte forti e poi le piace mordere quei culi alti, adora insinuare la lingua in mezzo... hai cosce forti snodate puoi metterti in tutte le posizioni che vuoi, sei peloso al punto giusto, non sei curato come un modello hai anche un bel cazzo... e un bel petto, mi sembri un negro bianco...", io ero imbarazzato e confuso, ma come poteva lui parlare per lei, e lui che cazzo voleva da me? Un bel culo, un bel cazzo, ma io gli spacco la faccia e me ne vado... però tiene le distanze e questo va bene...

L'uomo continuò ancora... "Sì, sembri un negro bianco, ti muovi come un felino timido, una tigre che vuole nascondersi, una pantera di giorno, ti nascondi ma ti si nota comunque... sei selvaggio, primitivo... porco".

E che cazzo, ci mancava lo psicologo da novella 2000, pensai io fra me e me, volevo andare via e non tornare più ma lui continuò "Ti insaponavi come un selvaggio che si prepara per la caccia, il sapone sembrava ocra, per mimetizzarsi o terra per togliere gli odori del corpo. Sembrava preparassi un rituale propiziatorio... e poi ti tocchi il cazzo con naturalezza, si vede che fa parte di te... e poi... ancora una cosa... la tua voce, al telefono potrebbe far venire anche una frigida... mia moglie ti ha sentito l'altra volta che telefonò qui, tu eri vicino al telefono... posso pagarti per scopare mia moglie...".

Diceva questo mentre si lavava sotto la doccia, ma la sua di voce era rotta dall'emozione... non lo guardavo mi sentivo imbarazzato, ma lui volle che lo guardassi in viso e disse "Dimmi di sì, dimmi di sì... ti pagherò bene...", "Va bene, domattina verrò qua e ne parleremo, ora devo andare." "Questo è un sì, lo so, a domani". Io scappai via senza nemmeno asciugare i capelli, ero confuso, infastidito ma anche incuriosito, ero deciso ad ascoltare quello che voleva dirmi... e poi pensavo alle sue parole ai suoi pensieri... chissà che impressione do agli altri, una pantera di giorno? Un negro bianco? Ma che cazzo vuol dire? Selvaggio, porco... porco secondo me è lui, ma comunque anche io non scherzo, quello è vero... questa la definirei una situazione... del cazzo, sì proprio una situazione del cazzo. Cominciai a ridere a crepapelle e mentre camminavo per strada, mi guardavo riflesso nelle vetrine e m'immaginavo vestito come un masai armato di lancia e scudo, forse mi volevano così, con addosso una pelliccia di leopardo e un perizoma di pelle. Arrivai a casa continuando a ridere, ma ero comunque deciso ad andare ad ascoltare l'uomo della palestra.

Il giorno dopo di buon mattino mi svegliai, ero curioso, volevo presentarmi bene, quindi aprii l'armadio e cominciai a rovistare dentro per cercare un abito elegante... ma poi ripresi a ridere, mi volevano selvaggio... quindi uscii di casa senza barba fatta e vestito come ieri, ma una doccia sì, quella l'avevo fatta.

Andai in palestra con la mia borsa, entrai nello spogliatoio e non vidi nessuno, bah! Che bidone, tanta eccitazione per nulla, allora mi spogliai per indossare i pantaloncini e la maglietta, ero in boxer e maglietta e sistemavo i gioielli non di famiglia ma miei per essere più comodo e proprio in quel momento udii "Sì, è così che devi essere, naturale, libero, selvaggio, porco...", mi spaventai, non immaginavo più di vedere quell'uomo ormai, allora mi avvicinai e dissi quasi arrabbiato... "Ma che cazzo vuoi, parla o non se ne fa niente, non voglio te io, non ti voglio", "Lo so, sono io che voglio te, per mia moglie...", mantenni la calma ma facendo un enorme sforzo... "Dai dimmi che si deve fare...", l'uomo si rasserenò, desiderava molto questo momento e aveva paura di perderlo per via della sua troppa eccitazione emotiva... iniziò così " ... Allora tu domani mattina vieni qua in palestra, ti cambi e indossi dei pantaloncini che hanno già lo slip incorporato, se non ne hai te ne procuro un paio io, la maglietta deve stare fuori dai pantaloni, ma deve essere stretta, quando arriveremo io e mia moglie tu devi essere già marcio di sudore, quindi datti da fare sul tapis roulant, ti voglio bagnato come un masai dopo la caccia capito? (risi internamente in una maniera incredibile), poi quando ci vedi devi fare questo... mentre lei fa ginnastica e si stira tu ti siedi davanti a lei... e fai gli addominali, ma prima devi tirarti fuori il cazzo dai pantaloncini almeno un po' in maniera naturale, non preoccuparti, a quell'ora non c'è nessuno, lei sicuramente ti guarderà, ne sono sicuro, la conosco... bene... e poi lei guarderà me, tu devi continuare a fare i tuoi esercizi ma se ti viene il cazzo duro è meglio, ma sono sicuro anche di questo, dopo sarà tutto facile non preoccuparti...", si girò e andò via senza un saluto, svanì come nel nulla e mi lasciò impietrito.

Io non feci neppure ginnastica quel giorno, anzi pensai addirittura di non andare neppure più in palestra e sparire come quell'uomo... ma pungolato dalla mia curiosità il giorno dopo alle 8,30 ero già in palestra... indossai ciò che mi disse l'uomo e immediatamente cominciai a correre come un forsennato, correvo e avevo già il cazzo duro, scomodo correre così almeno con i pantaloncini, nudo sarebbe meglio, ma non potevo mica spogliarmi, almeno non ora... era passata quasi un'ora, un'ora di eccitazione, sudore e attesa... e proprio quando la noia si stava impossessando di me, ecco la coppia arrivare, il maschio aveva una tuta lunga, blu, molto banale, molto dozzinale... classica con le strisce bianche sulle maniche e sopra i pantaloni, lei invece indossava un completo giallo canarino, molto attillato fuseaux e canottiera, aveva però un reggiseno nero, con delle bretelle molto fini che passavano sulle spalle e sostenevano quel magnifico seno molto in alto, aveva due bocce tonde, non un seno, forse era finto, ma non potevo vedere bene, ero lontano, comunque scesi dall'attrezzo e mi posizionai come da "disposizione", ma la presenza del marito mi infastidiva non poco... non mi piaceva, proprio no... quindi iniziai a fare gli addominali ma senza tirare fuori il cazzo dai pantaloncini, lei mi guardava comunque e la cosa mi eccitava e si vedeva, eccome se si vedeva... la mia canottiera era appiccicata alla pelle e si vedevano le mie forme, coperte solo da un velo... la donna mi guardava e faceva i suoi esercizi, mi sorrideva e si leccava le labbra con la lingua, il marito a pochi metri guardava... guardava, guardava lei e me... ma che voleva veramente? Io mi divertivo, ma non osavo andare oltre con lui nella stanza, il mio cazzo era ormai quasi dolorante, era duro da più di un'ora, allora mi alzai e andai verso il marito e dissi di soppiatto, "Vattene non riesco con te qui...", ma lui non si mosse e si mise a guardarmi con maggiore insistenza, la donna si toccava il collo, era invitante, ma io non riuscivo a fare nulla... allora decisi di andare via, basta, la situazione non mi piaceva più, ma improvvisamente la donna si fece avanti e disse... "Che elasticità che hai... che movimenti fluidi... qual è il tuo segreto...", la sua voce era melliflua, dolciastra, quasi finta, ma infinitamente sensuale... parlava con un dito in bocca, e nel frattempo le spalline del suo reggiseno erano sparite... e anche il reggiseno e anche il marito... non mi capacitavo, non ero riuscito a vedere nessun movimento... la donna continuava a mordicchiarsi le labbra e quando si chinava il seno rimaneva fermo, sembrava non avere gravità, mi convincevo sempre di più che fosse finto... Io ero un po' imbarazzato, poco naturale, mi sembrava tutto così costruito, io non sono abituato a queste cose, sono naturale... selvaggio si aveva ragione il marito, selvaggio... volevo togliermi da questa situazione, ed era evidente, salutai cortesemente la signora e mi avviai verso la doccia, mi spogliai e m'infilai sotto la doccia, mi lavai in fretta presi l'accappatoio e notai un rigonfiamento nella tasca, misi la mano e con mia grande sorpresa trovai una mazzetta di soldi arrotolati, erano 500 mila lire e inoltre vi era un biglietto scritto in stampatello, s*ei stato abbastanza selvaggio, ma voglio di più, ti aspetto in via Calvino 47 IV piano, alle ore 17,30. Ma vieni correndo, ti voglio sudato. C.O. troverai queste iniziali sul campanello.*

Chi era? Lui o lei? O tutti e due insieme? Mi ero di nuovo eccitato, che cazzo, cioè che situazione, mai trovato in una situazione simile, proprio quando stavo andando via il marito si parò davanti con un grande sorriso... e io dissi "Io vado, scopo, ma non ti voglio fra i coglioni chiaro? Se ci sei tu io vado via" e lui rispose "Sì... così... così ti voglio..." e andò via sorridendo...

Il pomeriggio passò veloce, velocissimo, io verso le 16 cominciai a correre dovevo arrivare sudato come un maiale, dovevo puzzare di selvaggio... allora... via di corsa... mentre correvo pensavo a mille posizioni e al mio odore... comunque arrivai in via Calvino puntuale e puzzolente come un selvaggio... suonai il campanello e la porta si aprì senza che nessuno rispondesse il piano lo conoscevo, feci le scale correndo, sudore per sudore... la porta era già aperta, entrai e trovai la donna nell'ingresso, completamente nuda, che mi aspettava, appena mi vide, si tuffò su di me, mi sfilò la maglietta e cominciò a leccarmi il petto e la schiena, le sue mani si poggiarono sui fianchi e la sua lingua andava ovunque, era abilissima, mi mordicchiava i capezzoli, mi mordeva il collo, strusciava il suo seno su di me, era evidentemente finto, ne avevo la certezza ormai, le mie mani lo afferrarono con forza e lo strinsi. Lei urlò dal piacere, ma la sua consistenza mi lasciava perplesso, io avevo il cazzo duro, già da tempo, la situazione era eccitante, la presi in braccio come un fuscello e mentre era fra le mie braccia le morsi con forza la pancia piatta e dura che già odorava di eccitazione selvaggia... forse più della mia... non arrivai al letto, la misi sul tappeto e lei immediatamente mi sfilò i pantaloni. anzi li strappò via, si inginocchiò e prese il mio cazzo in bocca fino alla gola, stappandomi un piacere improvviso ed inaspettato, non leccava ma succhiava, succhiava anche troppo, sembrava volesse prendermi l'anima dal cazzo, allora le afferrai i capelli raccolti in una coda e tirai forte verso l'alto, ma lei non mollava la presa e fui costretto a prenderla per la gola per fermarla, "Vuoi il mio cazzo? Sono io che decido come dartelo chiaro? Apri le gambe adesso", sembrava un film... si sdraiò e divaricò le gambe... gemendo come una gatta in estro..." siii dai... scopami come vuoi tu... come vuoi tu... ti chiedo solo questo... insultami... insultami..." e mi diede uno schiaffo proprio sul viso... e poi un altro... preso dalla rabbia e dalla sorpresa le allargai ancora di più le gambe e la schiacciai sul tappeto, mi posizionai sopra di lei nella classica posizione del missionario e cercai di forzare la sua fica... il mio cazzo strisciava contro la vulva, contro le labbra e finalmente riuscii ad entrare... godendo di un piacere umidissimo e caldo, aveva veramente la fica stretta, molto stretta, mi muovevo come un treno sopra di lei, subito iniziò a gemere e a contorcersi dal piacere, sentivo il mio cazzo sbattere contro il suo utero, arrivavo così in fondo? Il rumore del mio bacino contro il suo, le sue urla mi eccitavano ancora di più, aprii le gambe ancora di più, era veramente elastica, la sua eccitazione si sentiva ovunque, era bagnata all'inverosimile, fica stretta ma bagnata, un sogno, una meraviglia, improvvisamente mi afferrò per il collo e strinse forte. Poi mi graffiò il petto inarcando la schiena, ed i seni rimanevano immobili come diamanti incastonati su un piatto da portata, sbattevo e la sbattevo, sudavo molto, in casa la temperatura era veramente alta, le piantai un morso sulla spalla e lei rispose con un "Piantamelo nel culo adesso", si divincolò da sotto e si posizionò a pecorina con la schiena bassa, mettendomi davanti al cazzo due chiappe toniche e tonde, le sue mani si allargarono le chiappe per farmi vedere il buco da prendere... il mio cazzo era già abbondantemente bagnato ma la mia saliva poteva essere utile, quindi lo unsi ancora un po' non volevo leccarle il culo, quello no, lei lo voleva di sicuro, ma io no e poi non dovevo essere io il selvaggio?? Appoggiai il cazzo nel buco, una spinta forte, molto forte... ed entrò procurandomi un certo dolore... un urlo forte da parte sua mi fece capire il gradimento... spingevo ed entrava fino in fondo, il mio cazzo spariva dentro il suo culo, mi piaceva vederlo, si mi piaceva proprio... eravamo molto rumorosi, ma non mi fregava di nulla, era da un bel po' che non scopavo, almeno due settimane, per resistere di più al mattino mi ero fatto una sega, seguita da un'altra... dovevo essere selvaggio no? Voleva sesso duro e sesso selvaggio... la mia mano afferrava le chiappe per poter spingere meglio, allargavo le chiappe per vedere bene, lei si toccava la fica si infilava le dita una due tre... e muoveva avanti e indietro, non riuscivo ad insultarla però, non mi andava, ma cominciai a darle delle sberle sulle chiappe, che divennero subito rosso scarlatto, glielo infilai nel culo per molto tempo, cominciavo a cedere, lei si era appoggiata bene in terra e le sue mani non si infilavano più, ma sentivo che fremeva come un pavimento di legno sotto i piedi... lentamente il suo respiro si fece ritmico, più corto, sempre più corto... la sua pancia rientrò nell'addome e un gemito felino uscì dalla sua bocca, un orgasmo anale non l'avevo mai visto ne mai sentito, godeva come una gatta, mugolava, ma non si muoveva troppo. non voleva perdere l'attrito del cazzo, gemeva senza ritegno, *siii siiiiiii daiiii godo godo godoooooo mmmmmmmm sono tua tua dai tua... aaaaaaaaa porco maiale, selvaggio, bastardo, ti pagherò bene lo meritii siiiiiiiiiii.* Anche io stavo per scoppiare andavo avanti da non so quanto tempo... infatti anche il mio respiro si fece diverso, e lei lo capì immediatamente e disse, *riempimi la schiena dai, voglio la tua linfa su di me... dai porco selvaggiooo daiii.* Tolsi il mio cazzo dal suo culo, lo menai un po' e poi esplosi sopra di lei... una calda sborrata sulla schiena...schizzi ovunque, fino al collo, fino alle gocce che cadevano sul culo... anche io urlai di piacere... svuotato e sorpreso di questa situazione... ero a pezzi a pezzi ma goduto come un maiale... bello... sconvolgente, svuotante, lei rimase accoccolata sul tappeto, io mi alzai, volevo pulirmi, ma prima che potessi essere in piedi un applauso mi fece girare... era il marito, appoggiato alla porta della camere che applaudiva sornione, era vestito elegante, con giacca e cravatta e mi guardava, anche la donna ora applaudiva, ancora sotto l'effetto dell'orgasmo... imbarazzato presi i miei vestiti e li infilai veloce... volevo andare via, il marito mi fermò e guardandomi fisso negli occhi mi diede una busta bianca... la presi e scappai via, via di corsa... ancora di corsa... per le strade, fra le auto, andai dentro un parco, bevvi avidamente da una fontana... avevo la busta in mano... la aprii un milione di lire....

Scoppiai a ridere, divertito e disgustato allo stesso tempo...
Sarei ancora andato in quella palestra??

Capitolo 11

... Ero sempre squattrinato, il mio stipendio non bastava mai, bollette, cene e donne...ero completamente al verde.

Guardai nelle tasche di tutti i giubbotti nella speranza di trovare qualcosa, ma nulla, assolutamente nulla, anzi qualcosa trovai in realtà, scontrini vecchi e fazzoletti di carta usati.

Urgeva una soluzione.

Avevo sentito di un bar, in centro, dove s'incontravano giovani uomini con uomini o donne più maturi di età, incontri a pagamento ovvio, mai avuto esperienze del genere, ma al momento questa era l'unica soluzione possibile, dovevo trovare il coraggio per farlo, dovevo trovare la motivazione, ma un gran crampo allo stomaco mi "motivò" a tal punto che in dieci minuti mi trovai lavato, sbarbato e vestito di tutto punto; in realtà i miei abiti non erano un gran che, ma quelli avevo quelli indossavo. Conoscevo la strada per il bar, bar che avevo visto solo da fuori, ma ora mi trovavo sull'uscio, pronto a entrare, varcai la soglia e mi ritrovai in un ambiente retro... i tavolini erano coperti da tovaglie rosso fuoco, erano tondi e piccoli, potevano ospitare al massimo due persone, guarda caso, una candela in centro, divideva il tavolo in due, il bancone era un grande mosaico di mattonelline quadrate e piccole, colorate e lucide, pavimenti in legno e pareti tappezzate con carta rosa confetto; i miei passi furono subito osservati da molti occhi, il bar era apparentemente semivuoto, ma in realtà molti ragazzi giovani si nascondevano nel buio degli angoli, mi sentivo osservato, gli sguardi tagliavano come coltelli affilati, il mio disagio era nascosto, avrei voluto uscire subito, feci il gesto più banale possibile, cioè ordinare un caffè... il barista poteva avere la mia età, molto giovane anche lui, mi porse la tazzina, una bella tazzina di ceramica bianca e spessa, e mi disse "Nuovo della zona?" "Sì, nuovo della zona", risposi io sorseggiando il caffè nero bollente, mi sorrise e si girò mimetizzandosi fra tazzine e bicchieri.

Un altro ragazzo si avvicinò a me, lo sentii avvicinarsi per il profumo intenso che emanava, un profumo dolciastro, fin troppo dolce, si affiancò a me e potei vedere la finezza del suo abito, un gessato grigio elegantissimo, con una camicia bianca, ornata da gemelli d'oro, una bella cravatta in tinta con il vestito accompagnava il tutto, il suo viso evidenziava un'età fra i 20 e i 23 anni, non di più, lineamenti nordici, capelli chiari e occhi azzurri come il cielo, le sue mani erano curate, prive di calli o segni di "lavoro", osservavo tutto per abitudine lavorativa... io contrastavo la sua eleganza con un paio di jeans neri, stirati, ma senza piega, e una camicia nera con le maniche arrotolate, capelli pettinati con un ciuffo impomatato dal gel, il mio profumo non era dozzinale, Azzaro, usavo questo profumo da anni, è stata l'unica costante delle mia vita... anche lui mi osservò da capo a piedi con un sorriso sardonico e disse "Cosa pensi di fare... ti sei guardato? Sembri un pezzente... anzi lo sei...", lo interruppi senza guardarlo dicendo "Sì, sono un pezzente, hai ragione, ma ho un cazzo che rimane duro per tre ore consecutive, vuoi provarlo?? Ma forse è meglio di no, sarebbe come buttare una salsiccia in un garage, hai il culo così spanato che non sentirei niente e poi non mi interessano i maschi, ma le donne, quindi smamma e stammi alla larga, chiaro?", il ragazzo basito dalla mia sicurezza girò i tacchi e andò a sedersi su una sedia in un angolo buio.

In due minuti avevo subito due attacchi, chissà fra dieci minuti. Il caffè finì in fretta e non sapevo cosa ordinare per poter giustificare la mia presenza al bar, io non bevo alcolici e poi non avevo soldi, quindi mi sedetti anche io in un angolo seminascosto deciso ad osservare i movimenti delle persone, per capire come potevo agire. La sorte mi venne in aiuto, entrò una donna intorno ai 50 anni, molto elegante, i suoi abiti erano preziosi ed erano impreziositi da accessori di gran cura, una borsetta di pelle nera, molto piccola, una stola di ermellino, collana di perle, probabilmente vere, scarpe con tacchi a spillo... molto molto fine, appena andò alla cassa, dal "muro" si staccarono due giovanotti, anche il biondino, insieme andarono dalla signora e si consumarono in mille convenevoli fra cui il baciamano, la donna stava al gioco e si scioglieva in risatine isteriche che riempivano l'aria del bar, facendo vibrare bicchieri e la mia anima, era questa la modalità, cosi si doveva fare allora, la signora ordinò tre whisky che il barista portò immediatamente, questo liquore fu consumato lentamente, molto lentamente, l'alcool si confondeva alle risate, la signora era goduta di queste attenzioni, guardandola bene, si notava il trucco pesante, non era molto bella, ma era estremamente curata, anche i particolari erano studiati, comunque era evidente che i soldi non le mancavano, infatti pagò alla cassa, lasciando anche una lauta mancia, io con quella mancia avrei mangiato almeno tre giorni, che cazzo. Prima di andare via afferrò per mano il biondino e insieme sparirono nel buio della sera...

Certo, era una donna elegante e fine, ma andarci a letto... eppure era questo che si doveva fare no? Un brivido mi percorse la schiena e la mia mente cominciò a elaborare una strategia per ovviare a un'eventuale mancanza di desiderio, ero proprio al verde, qualcosa dovevo fare, ma baciare qualcuno che non piace... questo sì che era difficile, forse più difficile che una scopata vera, mentre si scopa l'immaginazione può volare e si può pensare anche ad altro, questo è un ottimo modo per ovviare ad una eiaculazione precoce, quindi si deve fare, ma baciare, baciare in bocca... questo è un gesto intimissimo... mi sentivo come una puttana scafata, ancora non avevo avuto nemmeno una richiesta e mi sentivo già una persona esperta nel mestiere.

Stavo per andarmene, erano passate due ore e in questo tempo erano entrati uomini e donne che avevano caricato altri giovani senza nemmeno cagarmi di striscio, probabilmente gli abiti poco eleganti allontanavano oppure, vi erano già degli appuntamenti prefissati, ormai ero in piedi, quando vidi entrare una donna sulla quarantina, indossava un tailleur nero, la gonna sopra il ginocchio e una camicia bianca abbottonata fino al collo, portava a tracollo una grande borsa di cuoio, sembrava zeppa di lavoro e di preoccupazioni, la donna si sedette al bancone e mi diede le spalle, a questo punto decisi di andarmene, visto la situazione di stallo e mi avviai a passi decisi verso la porta, quando la donna, mentre passavo accanto a lei, con voce tremante, mi disse "Vuole un whisky? Odio bere da sola", io sorpreso da questa proposta risposi immediatamente "Sì certo, perché no?", dimenticando che io non bevo praticamente nulla, quindi dovevo fare finta o inventare qualcosa, mi sedetti accanto, lo sgabello era molto alto, da vicino potei vedere la donna da vicino, i suoi occhi chiari sembravano vuoti, senza espressione, ma in realtà la cosa che mi colpì di più fu che il suo sguardo cercava di evitare il mio, il suo sguardo fuggiva, sembrava vergognarsi, anche io in realtà mi vergognavo e non poco, ma ormai ero in gioco e dovevo giocare, quindi cercai di essere presente a me stesso e mi concentrai.

Sorseggiai, anzi appoggiai il bicchiere alle labbra, e ascoltai quello che la signora aveva da dire, le labbra mi bruciavano, qualche goccia di liquore entro nella mia bocca, un calore intensissimo mi colse, ma riuscì a mantenere un certo contegno, improvvisamente la signora si voltò e senza guardarmi disse "Seguimi", quindi si avviò verso l'uscita e io la seguii come un cavalier servente, la paura cominciò a farsi sentire, stavo andando via con una perfetta sconosciuta, incontrata esattamente cinque minuti prima, una grossa auto ci aspettava a pochi metri dal locale, la signora aprì la portiera e con un cenno mi invitò ad entrare, parlava poco o nulla e non guardava mai negli occhi, la mia tentazione fu quella di fuggire a gambe levate mentre lei era in auto, ma entrai... l'auto puzzava di fumo e umidità, pacchetti di sigarette vuoti tappezzavano il pavimento, il posacenere traboccava di cicche, il sedile posteriore era pieno di plichi di carte, documenti, sigarette sparse, cartelline, un caos totale, perfino io disordinato cronico fui colpito da questo gran pasticcio, la paura aumentò, ma ormai era tardi, l'auto partì sgommando, lasciando dietro di sé puzza di bruciato, gomma sull'asfalto e pensieri nefasti... la donna non mi guadava, mai, questo mi spaventava, non riuscivo a capire le sue intenzioni, i suoi occhi erano sempre nascosti al mio sguardo, accese una sigaretta, una delle tante ed il fumo invase l'abitacolo e le mie narici, avevo voglia di vomitare, cominciò a piovere e la puzza di umidità mista al fumo rendeva l'aria irrespirabile, nauseante, puzzolente.

Ci fermammo dopo tre sigarette e zero parole, l'auto entrò in un elegante cortile, ma il buio copriva questa relazione clandestina, seguivo la signora, ormai anche il mio sguardo era basso, pensavo fra me e me, "Chissà cosa mi farà fare... riuscirò a combinare qualcosa??", ormai eravamo sull'uscio, la chiave girò nella toppa, il buio intenso m'impediva di vedere bene, si accese una luce al nostro passaggio e questo mi fece pensare di non essere soli, ma in realtà era un automatismo, rimasi fermo nell'entrata elegante, riccamente arredata, ma disordinata come i pensieri della signora, signora che si presentò davanti a me con un grande asciugamano e disse sempre con lo sguardo basso "Lì c'è il bagno, fatti una doccia ti aspetto in camera", mi diede il tutto e se ne andò, sparendo dietro una porta, quella della camera da letto, io come un automa, entrai in bagno, in realtà era una stanza da bagno, e qui incredibilmente era tutto in ordine, tutto a posto, vi era una grande vasca idromassaggio, linda e pulita, abbagliava per la sua bianchezza, il pavimento era nero e le pareti di un bellissimo e delicato rosa pastello, le mensole di legno antico erano ordinatamente piene di profumi e creme e un grosso specchio dominava il lavandino di marmo nero... entrai nella doccia e anche qui le mensole erano ricche di essenze a bagnoschiuma di ogni tipo... gettai i miei abiti in terra senza piegarli, dovevo rompere quell'ordine era forse più fastidioso del disordine che avevo visto finora, a me spaventa l'ordine, mi sembra una mancanza di libertà, una costrizione incredibile.

Iniziai a insaponarmi, l'acqua calda scendeva sul mio collo, lungo la mia schiena, lungo il mio cazzo che non ne voleva sapere di muoversi, era flaccido e in balia dell'acqua, come un ramo staccato dal tronco in balia del temporale, la cosa cominciava a preoccuparmi... ero troppo spaventato dalla novità, dalla situazione... io volevo presentarmi davanti a lei in tutta la mia prepotente erezione... ma nulla... nulla... mai capitato prima... nemmeno un tentativo timido di masturbazione smosse qualcosa... mi asciugai, con calma estrema, spaventato sempre più e mi avviai nella stanza da letto, aprii la porta lentamente, fortunatamente la luce era spenta e si vedeva pochissimo, un profumo intenso mi colse la narici. Odore di incenso, andai nel letto a tentoni, e mi posizionai in un lato... ora cosa avrei dovuto fare? Nulla si muoveva, ma in tutti i sensi.... la signora infatti stava dormendo, sentivo il suo respiro profondo accanto a me, ovviamente non feci nulla per svegliarla, anzi, mi allontanai un po' ma questo movimento in qualche modo mutò la situazione, infatti la donna senza parole, si avvicinò a me e si accoccolò come un cucciolo perduto, sentivo il suo profumo di pulito e la fragranza delle lenzuola, che odoravano di lavanda, io mi irrigidii ma dopo un po' il mio braccio cinse la sue spalle e lei appoggiò il suo viso sul mio petto e continuò a dormire... la situazione era perlomeno strana, a me scappava anche la pipì, ma resistetti finché non mi addormentai pure io. Ci svegliò la radio sveglia alle cinque del mattino, io ero imbarazzato come non mai, nudo come un verme sotto le coperte con un'erezione nata dalla giovane età e dal mattino, più che dalla situazione, anche la signora era nuda... la fioca luce del mattino mi permise di vedere il suo profilo magro e slanciato, si coprì con la coperta e disse, "I soldi sono in una busta sopra il lavandino del bagno, ci vediamo domani sera alle nove, ma vieni qui non al bar, io aspetto fino alle ventidue, dopo se non ci sei ne chiamo un altro, buongiorno." e si chiuse in un altro bagno, io mi alzai approfittando della sua assenza, svuotai la mia vescica, presi la busta e dopo essermi vestito alla velocità di un fulmine mi fiondai in strada, sbattendo la porta, per far capire che ero uscito... appena fui in strada presi la busta e la aprii.... cinquecento mila lire, un'enormità... più di mezzo stipendio... per aver dormito, incredibile, incredibile... il problema però era un altro, dovevo fare il pomeriggio in una casa di riposo e uscivo giusto alle ventidue, ma non potevo perdere questa opportunità... l'organizzazione non creò problemi, mi sostituì Iuri, mi doveva molti favori, quindi alle venti mi precipitai fuori come un fulmine da una nube in un temporale estivo e via in auto verso la casa della signora, senza fare nemmeno la doccia ovvio, tanto l'avrei fatta a casa sua, mi accorsi ora che non sapevo neppure il suo nome e cognome... pazzesco, incredibile, dove avrei suonato? Quale campanello?? Avrei risolto sul momento, o almeno speravo ecco, durante il tragitto pensavo alla situazione strana, mi chiedevo il perché di questo comportamento, non riuscivo a darmi risposta, non mi capacitavo di questo comportamento, ma non volevo pensare troppo, l'idea di essere pagato e di dormire mi divertiva alquanto, non capivo ma mi divertiva. Arrivai sotto casa in anticipo di almeno un'ora, erano le ventuno, la signora mi disse che avrebbe aspettato fino alle ventidue, cosa voleva dire che era in casa?? Sarebbe arrivata?? Mi posizionai sotto all'elegante portone e notai che nei campanelli vi erano solo dei numeri, non dei nomi, ma io non sapevo assolutamente a che numero suonare, cominciavo ad innervosirmi, l'idea di perdere dei soldi facili mi irritava, avevo una serie di bollette arretrate e il frigo vuoto come un cinema d'estate.

Dopo quindici minuti circa e due etti di unghie in meno, dal citofono una voce disse, "Suona al numero due, primo piano." ... La signora era in casa, sicuramente mi aveva visto già da tempo, forse mi aveva osservato... ma ora nulla di questo mi interessava, suonai il campanello, il portone si aprì e andai al primo piano, dove la porta era aperta, sul mobile dell'entrata vi era un grosso asciugamano, bianco e candido come la neve, il messaggio era chiarissimo, andai nella stanza da bagno e cominciai a fare la doccia, mi insaponai ben bene, gustando le fragranze di quel bagnoschiuma al sandalo, lo stesso della volta scorsa, mi piaceva, oggi ero meno spaventato e un po' più rilassato, ma l'eccitazione non c'era, ma del resto non serviva, dovevo dormire... dopo essermi asciugato andai in camera da letto, luce fioca, quasi buio, tappeti in terra scaldavano il mio passaggio, entrai nel letto senza dire una parola... la signora mi aspettava con gli occhi chiusi, non capivo se fingeva di dormire o dormiva veramente, io mi accoccolai accanto a lei e subito dopo si avvicinò ancora di più, fino ad appoggiare il suo viso sul mio petto, come la volta scorsa e io allora le cinsi le spalle, provavo una sensazione strana, di tenerezza infinita, sentivo il suo respiro sopra i miei capezzoli e il suo calore sulla pelle, i suoi lunghi capelli chiari mi solleticavano il collo e il mento, anche lei era nuda, lo percepivo anche se non vedevo, ma questo mi permise di immaginare i suoi seni, che sentivo vicino a me ma non vedevo e la sua intimità... il profumo di incenso e di bagnoschiuma, aveva saturato le mie narici, non sentivo il vero profumo di donna, l'odore acre dell'eccitazione, ma questo non impedì al mio membro di mettersi sull'attenti, quando nel girarsi la signora mise la mano sopra il mio addome, molto, molto vicino al mio ombelico... ma non accadde nulla nemmeno quella notte, la signora dormiva veramente, nel sonno, mi abbracciava teneramente, non si staccava mai dal mio corpo, i ruoli sembravano invertiti, lei una giovane ragazza e io un maturo uomo... protettivo, grande, inviolabile e lei tenera, piccola, indifesa, da proteggere... questa sensazione mi piaceva, era la seconda volta in vita mia, la prima fu notte precedente, in cui entravo nudo in un letto e non ne uscivo svuotato, morsicato, graffiato e altro ancora. Mi addormentai anche io dopo un po'...

Il mattino dopo, come la mattina precedente la radio sveglia mi riportò alla realtà... una musica metallica mi penetrò le orecchie, anche la signora si svegliò di soprassalto, e disse "La busta con i soldi è nell'entrata, ci vediamo fra una settimana, stessa ora, se non vieni per le 21,30 considerati licenziato." mi fece alzare, e lei andò in un bagno e io in un altro, feci pipì, mi vestii, presi la busta e via, veloce come il vento, fuori da quella casa, la busta conteneva cinquecento mila lire... wow, in due notti avevo fatto più del mio stipendio mensile, ma ora dovevo aspettare una settimana... ma nel frattempo potevo pagare le bollette e riempire il frigo.

La settimana passò bene, i soldi ricevuti mi permisero di stare tranquillo, ma ogni volta che li toccavo per acquistare qualcosa una sensazione strana s'impossessava di me, difficile da descrivere, non li vedevo come soldi sporchi, ma come soldi rubati, in fondo non avevo fatto proprio nulla, almeno nulla di fisico, quello proprio no, il mio fisico era stato semplicemente una fonte di calore, una fonte di profumo, una fonte di... cosa?

Non ci volevo pensare, a me interessavano i soldi, mica altro.

Quella notte non riuscii a dormire, giravo nel letto, abbracciavo il cuscino, mi alzai più volte... non capivo.

Mi alzai per andare a fare pipì e al mio rientro in camera osservai il letto vuoto, dove si era formata la mia sagoma.... ma una sola, una sola... ecco avevo capito.

Capitolo 12

La settimana era passata tranquilla, oggi avevo appuntamento con la signora, incredibile, non sapevo neppure il nome, solo il numero sul campanello, un semplice numero e una busta in prospettiva.

Presi la mia auto e mi recai all'abitazione della signora, pioveva e mi bagnai tutto, anche perché il finestrino si era guastato e l'acqua entrava copiosa, sembravo un vero pulcino intirizzito, jeans erano zuppi, la maglia anche, i capelli intrisi e piatti, inoltre faceva anche freddo e tremavo come una foglia.

Ero sotto casa e continuavo a prendere acqua, mi abbracciavo da solo nel tentativo di scaldarmi, i prossimi soldi sicuramente li avrei usati per acquistare qualcosa d'idoneo alla stagione, almeno un giubbotto molto caldo e dei pantaloni pesanti.

Mentre fantasticavo su cosa comprare e mentre tremavo, il portone si aprì e una voce dal citofono disse, "Vieni", il tono perentorio mi fece sussultare, ma mi stavo abituando a queste cose, era già la terza volta ormai e memore di questo immaginai di trovare il solito asciugamano nell'entrata, asciugamano caldo, morbido e profumato, entrai in casa, la luce soffusa, un gran profumo d'incenso, ma questa volta il mobile dell'entrata era libero da ogni indumento e devo ammettere che la cosa mi preoccupò alquanto... non ero pronto ad altro, proprio no, ormai la mia idea era di venire qua, farmi la doccia e dormire accanto alla signora, da me mentalmente definita come "La signora triste", la porta del bagno, anzi della stanza da bagno era aperta, quello era il luogo più ordinato della casa e quell'ordine m'inquietava un po', fu proprio da là che nuovamente la voce tonante disse "Entra e spogliati", o cazzo, ma lei era dentro, m'intimoriva, avrei dovuto baciarla? O fare altro? La luce soffusa aiutò lo spogliarello, poco sexy a dire il vero, i pantaloni erano appiccicati alle gambe e la maglia di lana essendo bagnata puzzava di pollo bagnato, la signora triste era girata di spalle, indossava un accappatoio chiaro, forse bianco panna, come sempre non mi guardava, ma poi spense la luce e io mi ritrovai nudo davanti a lei, non pensando che l'imbarazzo poteva essere anche il suo, fortunatamente la luce era veramente bassa, e impediva di vedere le espressioni del viso, mi prese delicatamente per un braccio ed entrò nella doccia insieme a me, eravamo molto vicini, nonostante il grande spazio, aprì l'acqua calda e questa cominciò a insaponarmi usando le mani, le riempiva tenendole a coppa, versava abbondantemente il liquido bianco e profumato e ruotava con delicatezza il palmo massaggiando delicatamente. Si soffermò sul petto strofinando con più energia, poi mi fece girare ed entrambe le mani mi cinsero i fianchi e risalirono lungo la schiena, procurandomi brividi elettrici, continuava a insaponare abbondantemente, poi scese e con mia grande sorpresa prese il mio membro in mano e delicatamente scoprì la cappella, floscia fino a quel momento e iniziò un movimento che conoscevo molto bene, immediatamente vi fu una risposta, il sangue defluì nei corpi cavernosi e l'erezione fu imperiosa, nonostante l'imbarazzo, ma proprio quando la sua mano era piena della mia eccitazione, prese il tubo della doccia e delicatamente sciacquò via tutta la schiuma, lasciandomi ancora più imbarazzato e profumatissimo, uscì dalla doccia, mi prese per mano e mi condusse nel letto ancora bagnato, mi invitò a entrare nel letto, sotto il piumone pesante e subito dopo entrò anche lei e come sempre appoggiò il suo viso sul mio petto e rimase immobile, come sempre io cinsi le sue spalle con il mio braccio.

Rimanemmo così a lungo, ma il sonno non mi coglieva e la mia mano si mosse sotto le coperte e sfiorò il suo viso appoggiato su di me, le mie dita toccarono la sua fronte e poi scesero giù fino agli occhi e qui mi fermai, perché i miei polpastrelli si bagnarono... l'acqua della doccia? Portai le mie dita in bocca e riconobbi un gusto che spesso avevo provato, un gusto salto, delicatamente salato, inconfondibilmente salato, avevo assaporato le sue lacrime, il suo soprannome, la "donna triste" era incredibilmente azzeccato, avevo assaporato la sua tristezza, ma non conoscevo ancora il sapore del suo dolore, rimasi immobile, non volevo sapesse, non volevo svegliarla, non volevo rompere questo momento incomprensibile per me, ma pieno di significato per lei.

Non riuscivo a prendere sonno, quelle lacrime mi avevano turbato, mi avevano ferito, la loro violenza era nell'immensa dignità, nell'immensa discrezione, nell'immensa delicatezza... perché pagare un giovane uomo per dormirci insieme, perché fare la doccia, lavarlo, insaponarlo e profumarlo, capire che potrebbe essere un suo giocattolo... e poi, dormire e piangere di nascosto. Si vergognava del gesto? Non provava piacere nel sesso? Non provava orgasmo? Era veramente una donna? Le forme e le movenze e quel poco che avevo sentito della voce, erano femminili, sentivo il bisogno di toccarla nella sua intimità, volevo sapere subito chi era... non sentivo il classico odore dell'eccitazione femminile, ma in fondo stava dormendo, perché eccitarsi... il mio imbarazzo però cresceva e con esso il mio disagio, chi era nel letto con me? Abbracciata a me? Piangente su di me?

Lentamente il mio braccio si levò dalle sue spalle, la lentezza che accompagnò il gesto non avrebbe svegliato neppure un neonato in preda alle coliche gassose, il suo viso non si scompose rimase immobile sul mio petto profumato di bagnoschiuma al sandalo, sorprendentemente la mia mano non s'infilò sotto le coperte, ma si allungò e accese l'interruttore della abat jour, che diffuse una luce fioca rosata, ma che mi permise di vedere il suo viso sul mio petto riflesso allo specchio... la guardai bene, io non so come sono fatti gli angeli, non ho mai creduto alla loro esistenza, ma se esistono sicuramente hanno quel viso, un viso delicato, con ciglia lunghe, con capelli che nascondono espressioni e rughe, perché anche gli angeli possono invecchiare... come lei, la signora triste e forse possono anche piangere e cercano negli uomini quello che hanno perso in passato, e lo cercano negli uomini disperati, soli, stanchi della vita, in preda a disperazioni laceranti, coperte da fornicazioni esaltanti, pieni di attriti pieni di umori, pieni di umidità, ma privi di ogni sentimento umano...

Cominciai a piangere in silenzio, ora erano le mie di lacrime che bagnavano i suoi capelli, entravano fra le ciocche e toccavano i suoi pensieri, non mi fermavo più, lo specchio rifletteva un'immagine di una tenerezza incredibile per me, un uomo e una donna abbracciati, che si scambiavano pensieri ed emozioni... la mia immagine riflessa allo specchio, sembrava avvolta da un alone, un alone vagamente luminoso, ma sicuramente erano i miei occhi intrisi di lacrime che restituivano questo effetto...

Spensi la luce, volevo conservare quell'immagine nella mia memoria, così come l'avevo vista o percepita o addirittura vissuta.

Mi addormentai senza imbarazzo.

Il mattino dopo, mi svegliai senza radio sveglia era sabato, la signora triste non lavorava, mi alzai, indossai i miei abiti semplici che durante la nottata si erano asciugati, vidi la busta sul mobile dell'entrata... mi girai verso la stanza da letto, sentii il bisogno prepotente di entrare, mi avvicinai alla signora triste, le baciai la fronte e sussurrai "Grazie".

La busta la lasciai sul mobile. L'aria fresca del mattino mi schiaffeggiò, ero confuso e stupito del mio gesto.

Mi voltai camminando e mi sembrò di vedere la signora triste dietro la tenda... sorrideva.

Capitolo 13

... L'ultima esperienza con la "signora triste" mi aveva in qualche modo segnato, la confusione riguardo i rapporti con le donne era aumentata, i miei erano solo rapporti, non c'era mai amore, le mie ex mi ricordano sempre con piacere e mi ricordano sempre per la mia dolcezza, eppure non è che ci guardiamo negli occhi... ho baciato tantissime labbra... ma proprio tante, eppure non sono ancora sazio, evito di guardarmi allo specchio per non guardarmi dentro... una volta, Antonella, una mia ex appunto, mi disse che i miei occhi rispecchiano il mio umore, nonostante faccio di tutto per nascondere i miei pensieri i miei occhi raccontano di me, bisogna saper guardare, ma se si riesce, sono praticamente nudo... non nascondo nulla. Infatti, evitai Antonella per molto tempo e il nostro rapporto fu intenso ma, breve, è stata l'unica donna che mi ha guardato dentro... mi disse molte cose... tante.

Avevamo entrambi ventuno anni, fu una delle prime ragazze coetanee, preferivo le donne più mature, nessuna relazione emotiva, solo sesso, niente coinvolgimento.

Ci conoscemmo per puro caso, all'ufficio di collocamento, eravamo in fila, in attesa di una chiamata, io lavoravo già in realtà, ma dovevo ritirare dei documenti e lei aspettava una chiamata per un lavoro qualsiasi.

Era giugno, il caldo era già opprimente, la puzza di sudore era insopportabile, ma insopportabile era anche la disperazione che aleggiava nell'aria, tanti uomini e poche donne, in cerca di un futuro, un futuro che stentava ad arrivare, occhi pieni di speranza e tasche vuote, abiti sporchi, come i pensieri di qualcuno, anche i miei pensieri erano sporchi o meglio erano di fuga, pensavo al sesso, pensavo alle persona davanti a me, Antonella appunto, mentre si sfilava i pantaloni stretti e mentre si toglieva la maglia, liberando i seni sodi e tondi, ma il mio sguardo probabilmente arrivò dentro di lei, a volte capita... infatti si girò e guardandomi dritto negli occhi, si spalancò in un grande sorriso e mi disse "Hai fame? Le macchinette sono in fondo alla sala," e io che facevo delle parole la mia bandiera, risposi "Non basterebbero due macchinette per saziare la mia fame... sono insaziabile."

La mia risposta inaspettata e pungente la fece scoppiare in una risata cristallina che echeggiò per tutta la sala, anche io mi sbottonai e accompagnai la sua ilarità compiacendola molto.

Fu lei che m'invitò alle macchinette, ma il cioccolato lo offrii io, almeno quello potevo permettermelo; sorseggiammo la nostra cioccolata calda, fregandocene della chiamata e della coda, tanto ormai era tardi, non saremmo mai arrivati allo sportello.

Uscimmo insieme dall'ufficio, salutandoci senza darci alcun appuntamento, io non volevo legami con coetanee, troppo impegnativo, anche se Antonella era veramente interessante, non bella, ma interessante, per quel poco che le parlai, mi sembrava intelligente, libera al punto giusto, ma coetanea comunque, quindi, nulla, meglio evitare.

Ma il destino fu beffardo, l'ufficio di collocamento fu nuovamente teatro di un nuovo incontro e dopo la lunga attesa allo sportello, andammo a pranzo insieme, pranzo... un panino alla mortadella e una coca cola, ma devo dire il mio modo di risparmiare la colpì alquanto, cioè acquistare due panini vuoti in panetteria, farli aprire e comprare un etto di mortadella in macelleria... ottimo, sia come risparmio che come gusto, la fragranza del pane caldo e della mortadella al pistacchio ci resero complici, infatti andammo in un parco e divorammo il pranzo in un attimo anche se io immaginavo altro, la mia mente andava veramente oltre e io non volevo, non volevo proprio, ma Antonella, sapeva guardare dentro i miei occhi come nessuna.

Mi disse che lei cercava un piccolo lavoro per mantenersi agli studi, studiava all'accademia d'arte, voleva fare la regista, la sua famiglia era umile, ma faceva il possibile per permetterle di studiare e lei contraccambiava lavoricchiando qua e la. Il suo passato era zeppo di eventi forti, ma anche il mio non scherzava, quindi il patto fra noi fu presto stipulato, "Si parla solo del presente e del futuro, il passato è passato".

Fu molto bella la giornata al parco, la mia tentazione era di invitarla a casa, ma evitai alla grande, rimanemmo insieme fino al tardo pomeriggio e lei mi parlò della sua passione nel riprendere gli eventi con la sua telecamera video 8, pagata con il suo ultimo lavoro, qualche volta andava alle manifestazioni a Roma e vendeva alcuni suoi filmati a qualche tv, era molto temeraria, fin troppo, mi disse che una volta prese una sassata in testa e portava ancora la cicatrice, se non riusciva a diventare regista le sarebbe piaciuto fare l'inviata speciale all'estero, andare in luoghi dove la guerra era di casa e filmare il vero, sempre a suo rischio e pericolo. La mia vita era molto più tranquilla rispetto alla sua, il rischio lo amavo anche io, ma amavo altri genere di rischi, i miei studi, poverelli a dire il vero, non mi permettevano molto, il mio curriculum era proprio... nullo... anzi molto meno, i miei bagagli di sofferenza non potevano essere utili per la realizzazione dei miei sogni, quindi vivevo alla giornata, combattendo contro bollette e passato.

Ma per me questo era già un gran bel risultato... il sesso mi era spesso d'aiuto, infatti, la mia mente vagava fra tette e culi, forse per non pensarmi... e anche adesso vagavo fra il décolleté di Antonella, abbondante, sodo, lievemente imperlato di sudore, spudoratamente nascosto ed evidente nello stesso tempo, schiacciato da una maglietta nera, che nascondeva solo i contorni e non le forme privo di ogni ornamento, niente collane, solo pelle rosa, profumata d'estate e di donna, anche il suo sedere mi piaceva, indossava dei pantaloni di cotone bianchi che lasciavano intravedere un tanga microscopico, praticamente i suoi slip erano quasi inesistenti, questo mi piaceva ancor di più, lo vedevo come un segno di libertà, niente costrizioni, io di mio indossavo boxer larghissimi, dopo anni di prigionia di slip, amavo la libertà di movimento, i boxer coprono si ma danno libertà di movimento... una libertà... del cazzo si potrebbe dire, ma le ribellioni partono dal basso.

Ci lasciammo a tarda sera, io non avevo soldi per la cena e lei doveva rientrare a casa, mi lanciò uno sguardo molto provocante, i suoi occhi mi scrutarono dall'alto in basso, almeno io notai questo.

Concordammo un appuntamento per il giorno dopo, di pomeriggio, sempre al parco, io di mattina lavoravo e lei era all'accademia.

La notte la passai insonne, non volevo andare all'appuntamento, mi diedi del coglione più di una volta, volevo tornare dalla "signora triste", niente parole, niente coinvolgimenti, niente impegni e molti soldi, in questa situazione mi sentivo come in una morsa, forse emergeva qualcosa del mio passato, anche se i patti erano chiari, solo presente e futuro, niente passato... ma avevo paura, paura, paura di cosa?? Questo non era chiaro. Decisi comunque di andare, al limite bastava comportarsi un po' da stronzo per troncare tutto e questo mi veniva veramente bene.

Anche al lavoro ero un po' teso, un po' nervoso, cosa alquanto strana per me, che riuscivo a mascherare tutto, ma generalmente ero sereno e contento della mia vita, ma l'incontro con la signora triste aveva lasciato un segno.

Andai all'appuntamento deciso a fare lo stronzo, lo sbruffone, stavo già preparando la parte dentro di me, quando vidi Antonella arrivare in bicicletta con un grande zaino sulle spalle e un sorriso rivolto a me e alla vita, di un candore mai visto, i suoi capelli volavano liberi mossi dal vento e dalla velocità della bicicletta, qualche ciocca ribelle copriva parte del viso, nascondendo qualche espressione, ma non quello splendido sorriso che si stagliava puro come un raggio di sole fra le nuvole... mi sembrava di sentire il suo cuore e il suo respiro, i suoi occhi erano addosso a me, anche da lontano percepivo il suo sguardo... si avvicinava con la sua bicicletta e più si avvicinava e più la mia intenzione di fare lo stronzo diminuiva, ormai era a due metri da me e io da stronzo mi trasformai in coglione, le sorrisi anche io, probabilmente il mio fu un sorriso così naturale e limpido che lei si fermò e scoccò un bacio inaspettato sulle mie labbra, lasciandomi di sasso, poi mi chiese scusa per il gesto ma disse "Mi sembrava la scena di un film, avresti dovuto vederti... sembravi un bimbo che aspetta il Natale, curioso e stupito, tenero come un cioccolatino al latte...", questa affermazione mi fece arrossire come un peperone alla brace, mi sentivo bruciare dal caldo, ma la mia carnagione scura impediva di far vedere l'imbarazzo... e poi... ero proprio così? Tenero e dolce? E io che pensavo di sembrare duro e sprezzante... questa ragazza era pericolosa, molto pericolosa, almeno per me, e poi perché mi aveva baciato? Voleva concludere la scena di un film? Comunque dopo questa tenerezza ricevuta, non riuscii a essere stronzo, avrei voluto, ma Antonella, ad ogni mio timido tentativo di stronzaggine, rispondeva con sguardi di una dolcezza infinita... e io crollavo.

Tirò fuori dallo zaino due videocamere video 8 e mi spiegò che doveva preparare un esame, tecnicamente parlando non capivo nulla, ma chiese il mio aiuto, io dovevo semplicemente parlare con una video camera davanti e una dietro, poi avremmo rivisto il tutto in televisione, dopo un accurato montaggio.

La cosa mi divertì moltissimo, io facevo un po' lo scemo davanti alla video camera e lei rideva come una matta, primi piani, mezzi busti, poi mi fece camminare e correre, ad un certo punto improvvisai un mini strip tease, levandomi la maglietta e la cintura, non vi erano bimbi nelle vicinanze, la cosa che mi scaldava il cuore era la sua risata cristallina e di gusto, mi divertivo anche io e non vedevo tette e culi ma vedevo seni e curve, questa cosa mi spaventò tantissimo, ma continuai a fare lo scemotto per tutto il pomeriggio, finché di sera le proposi una pizza... e questa cosa mi costò molta fatica... avevo veramente pochissimi soldini, ma volevo offrire io, quindi presi la sua bicicletta e insieme in due su un sellino ci avviammo verso una pizzeria nei pressi di casa mia, camminare in bicicletta insieme a lei fu una bella emozione, lei teneva le sue braccia sulle mie spalle e qualche volta sulla vita, provavo un gran piacere la mia pancia si contraeva e il mio cuore batteva forte, il suo fiato era sul mio collo e odorava di gioventù e dentifricio, generalmente il fiato delle donne che avevo posseduto era zeppo di odore di fumo o alcool, non male neppure quello, più sensuale, oserei dire più "maialesco"... questo era nuovo per me, veramente nuovo, mi divertiva vederci riflessi nelle vetrine, riflesso che si ingrandiva e si rimpiccioliva a seconda del vetro e cambiava forma e colore... era un po' come vedere la mia vita attraverso un filtro, a volte ero ben visibile, a volte invisibile a volte grande a volte piccolo e vulnerabile... ma nei confronti di chi poi... ma perché pensavo a queste cose, perché... dovevo ritornare al presente.

Arrivammo alla pizzeria, era nei pressi di casa mia, conoscevo i prezzi, non a caso andai là, io orinai una margherita e mezza naturale e lei una gorgonzola e cipolla e questo la rendeva ancora più interessante, ma la birra mi preoccupò alquanto, non per l'alcool ma per il prezzo... non osavo dirglielo, ma avevo solo quindicimila lire nel portafoglio... quindi speravo che non prendesse il caffè...

Mangiare insieme fu veramente emozionante, lei mangiava la pizza a grandi morsi, in maniera un po' mascolina ma poi masticava lentamente, molto lentamente e mangiò tutta la pizza, bordo e centro, come me, sorseggiava la birra e si leccava le labbra dopo ogni sorso, la sua lingua lambiva le labbra, mi piaceva, avrei voluto baciarla e insinuare la mia lingua dentro la sua bocca e sentire il gusto della birra, ma non era il momento e nemmeno il luogo e poi stavo andando oltre, troppo oltre, mi stavo emozionando e io questo non lo volevo affatto. Finita la pizza il cameriere chiese se volevamo altro, io ovviamente risposi "No grazie, non mi entra neppure il caffè..." e Antonella rispose "No grazie, nemmeno io," e questo mi fece rilassare un po' quindi mi alzai e andai alla cassa... il mio intestino ebbe un fremito di paura, sentivo il mio cuore battere, secondo i miei calcoli dovevo starci dentro come prezzo per le pizze la birra e l'acqua, ma non avevo calcolato il coperto... la cassiera batteva i numeri sulla tastiera della casa... ding... ding... ding... poi disse, "Quattordicimila e novecento lire", allora io con eleganza estrassi il mio portafoglio le diedi la banconota da dieci mila lire e una da cinque mila lire e dissi "Il resto mancia per il cameriere...", allora la cassiera disse ad alta voce "Manciaaaaaaa", io imbarazzato ma più rilassato andai via fra gli inchini dei camerieri che chissà che mancia avevano immaginato... invitai Antonella ad alzarsi e andammo verso la bicicletta... casa mia era a due passi e Antonella lo sapeva, infatti disse "Abiti qua vicino, vero?" "Sì" risposi io, ma con la bicicletta andai dalla parte opposta e questo fu un chiaro segnale, io a casa mia non portavo mai nessuno, nonostante abitassi da solo, portare qualcuno a casa per me equivale ad un gesto di estrema confidenza, cosa che io generalmente evito, fare vedere ad una donna il mio "regno" è come spogliarsi della propria pelle, vedere il mio letto, il mio bagno, la mia scrivania... è come fare vedere una parte della mia anima nascosta... preferisco andar in albergo a fornicare o a casa loro, questa non è prigionia ma libertà, difendo la mia intimità da tutto e da tutti, varcare la soglia di casa mia equivale ad un gesto di un'intimità assoluta, non so dare un significato preciso a questo, ma sicuramente il mio passato si fa presente e prepotentemente scoppia in tutta la sua potenza.

Camminammo in bicicletta verso casa di Antonella, avevo paura che mi scappasse un bacio, una lacrima scese dal mio viso ma il vento l'asciugò subito, salutai Antonella con una vigorosa stretta di mano, la cosa strana era che lei sembrava capire tutto e questo mi spaventava.

"Domani pomeriggio al parco", disse lei, "Va bene, ciao allora, a presto", e andai via, andai da Olga. Una donna con cui da almeno due anni avevo una relazione sessuale bellissima, noi si scopava e basta, si faceva del sesso ad un livello altissimo, lei era separata, più grande di me, l'ideale per uno come me.

Suonai il campanello con due trilli, questo era il mio segnale, anche se lei era sola, avevamo iniziato questo gioco, poi salivo le scale lentamente, così lei aveva il tempo di farsi trovare pronta... come piaceva a me o a lei dipendeva dai giorni, Olga no mi diceva mai di no, proprio mai, la trovai con una vestaglia rossa, il suo colore preferito, con sotto un body nero, semplice con poco pizzo, ma con una caratteristica particolare, si abbottonava e sbottonava esattamente sul monte di venere... un luogo bellissimo dove mettere i denti e sganciare i ganci uno a uno e sentire il profumo dell'eccitazione che cresce che diventa imperioso, come la mia erezione nel fare queste cose... infatti fu così che i fatti proseguirono, mi avventai su di lei e la baciai in bocca come una furia, le mie mani si intrufolarono sui seni sodi, e cominciarono a pizzicare i capezzoli che immediatamente si inturgidirono, sfilai subito la vestaglia e lei mi sfilò via la maglietta avventandosi sui miei di capezzoli... tenevo la sua testa sul mio petto e lei mordeva forte, molto forte infatti un urlò uscì dalla mia bocca e questo fece eccitare ancora di più Olga che con la mano libera pizzicò l'altro capezzolo, dovetti spingerla via per evitare altro dolore, ma lei mi prese alle spalle e iniziò a mordermi il collo, questa cosa mi faceva impazzire, mugolavo come un leone in calore e il mio cazzo stavo scoppiando, le sue mani lo toccavano attraverso i pantaloni e percepivo la sua soddisfazione nel vedermi eccitato, la sua bocca continuava a mordere collo e spalle e nuca, ci buttammo nel tappeto, io ero a pancia sotto e lei lambiva la mia schiena con lingua e denti, era sopra di me, io conoscevo il suo desiderio più ambito, ma solo in parte era riuscita ad esaudirlo, non le permettevo di andare oltre... ora la sua fica chiusa dal body era sulla mia bocca, io sempre disteso in terra ma a pancia in su e lei sopra di me... i miei denti aiutati dalle dita sbottonarono i ganci e la mia lingua assaporava i suoi umori, sempre più abbondanti, sempre più acri, ma io spostai il suo baricentro e cominciai a leccare il suo buco del culo, infilando le dita nella fica calda per darle un doppio piacere, anche lei assecondava la mia lingua e con la mano guidava la mia testa su e giù e questo mi faceva eccitare ancora di più, infatti sentivo un gran dolore al cazzo e lo liberai dai pantaloni abbassando la cerniera e spostando i boxer, almeno poteva respirare... la mia lingua si muoveva freneticamente muovendo il bacino di Olga, leccavo fica e culo, culo e fica e lei godeva e mugolava, prese il mio cazzo in mano e lo strinse forte fino a farmi male, allora anche io piantai un morsicone deciso sulle chiappe per interrompere questa morsa... si girò e cominciò a leccarlo dal basso verso l'alto, nonostante non fosse completamente libero dagli indumenti, lo ingoiò fin dove era possibile, voleva mangiarlo, divorarlo, la mia visita inaspettata l'aveva eccitata moltissimo, ora io potevo leccare ancora meglio il suo culo e la sua fica, la posizione era l'ideale, mi liberò dei pantaloni e anche lei ora leccava cazzo, culo e palle, con estrema cura, con foga e delicatezza, mi allargava le gambe, mi solleticava l'ano con la lingua, io facevo altrettanto ma avevo un arma in più, un cazzo duro e pronto ad entrare in azione... io ero troppo eccitato, la sua bocca ora andava su e giù sul membro gonfio... la lingua solleticava e poi le labbra cingevano... e la gola ingoiava, sentivo uscire dal mio cazzo degli umori, questo mi capita quando l'eccitazione è forte, Olga continuava a leccare, io anche, poi di colpo si girò e mi baciò in bocca, sapeva che questa cosa non mi andava, specialmente dopo che aveva preso il mio cazzo in bocca, ma quella sera la mia eccitazione era prepotente e ci baciammo scambiandoci i nostri umori, la sua lingua mi dava un po' di me e la mia un po' di lei... ci baciammo a lungo, strusciando i nostri corpi senza fare altro, ci toccavamo e rotolavamo lungo il pavimento avvinghiati come un'orchidea al suo albero, poi Olga estrasse dal cassetto un tubicino nero e cominciò a danzarmi intorno mentre io la guardavo divertito... poi tolse il tappo e lo avvicinò alle mie narici ma poi lo allontanò immediatamente e disse "Annusa forte, con una narice tappata, una sniffata forte e via, inizio io," infatti diede una sniffata fortissima e vidi i suoi occhi chiudersi e il suo addome contrarsi e poi le sue mani scesero lungo il corpo e cominciarono a frugarsi ovunque, quella vista mi eccitò ancora di più, presi il boccettino e diedi una sniffata fortissima... immediatamente non vidi più nulla, il nero assoluto intorno a me, la testa mi girava, e la mia pancia venne presa da un brivido caldo... mi sentivo leggero come una piuma che cadeva nel vuoto, volteggiavo fra un pensiero e l'altro ed ero cosi fatuo che a stento mi accorsi che Olga si era avvinghiata al mio cazzo e succhiava come una dannata, su e giù. su e giù senza sosta, io non vedevo ma la sua bocca si muoveva dannatamente bene e forse per quella sostanza e forse per la sua bravura dopo poco cominciai a contrarmi, sentivo che stavo venendo, il piacere veniva da lontano, come sempre anche il midollo sembrava contrarsi, respirai a fondo e cominciai a gemere forte, ma proprio un attimo prima dell'attimo del non ritorno, Olga smise di muoversi e si allontanò da me, buttandosi nel letto, almeno così mi sembrò, infatti ero ancora confuso e piacevolmente leggero, vedevo tutto offuscato e sentivo ancora un gran calore dallo stomaco in giù, Olga mi prese per mano e mi accompagnò nel letto, qui mi porse ancora il tubetto e quasi mi obbligò a respirare quella menta fortissima... ora era ancora peggio, il mio corpo aveva le sensazioni esaltate, appena Olga mi sfiorava un piacere decuplicato mi prendeva, ma nella mia testa qualcosa voleva ribellarsi, non ero padrone delle mie azioni, questo a me spaventava e mi spaventa ancora, ho paura di me stesso, forse più ancora che degli altri... mi sentivo debole e forte nello stesso tempo, il mio cazzo non aveva smesso di tirare nemmeno un po'. Anzi sembrava ancora più imperioso e duro... infatti Olga si sedette sopra e senza alcuna resistenza lo infilò nella fica e cominciò a cavalcarmi, forte, come una forsennata, le sue mani sul mio petto mi graffiavano, e strappavano i peli senza ritegno, ma non provavo dolore ma uno strano piacere, non riuscivo ad oppormi ero completamente suo, provavo una sensazione strana, mai provata prima, del tutto nuova... quella di essere posseduto nonostante fossi io a penetrare, ma questo era solo l'inizio... Olga scese da me, mi allargò le gambe e con foga prese nuovamente il mio cazzo in bocca, andando con un ritmo più lento, poi andò più in basso e la sua lingua umettava il mio buco del culo, a lei questo piaceva molto, continuò per un po' di tempo, regalandomi sensazioni piacevoli, poi lentamente infilò un dito, anche questo evento non era cosa nuova e mentre il dito entrava, mi prese il cazzo in bocca, e andava su e giù con la bocca mentre il dito, lentamente massaggiava il mio interno... io ero completamente abbandonato al piacere, quando percepì il dito che usciva mentre le labbra non smettevano di lavorare... continuavano ininterrottamente, ma sentivo qualcosa che spingeva al posto del dito, anche se non molto presente a me stesso, la cosa mi infastidiva un po' allora alzai la mia testa, ma Olga aumentò il suo ritmo, io comunque mi mossi di colpo e vidi Olga con un grosso fallo in mano, quello che a volte usavamo per penetrazioni doppie, ma io con lei, non lei con me, sapevo che questo era un suo desiderio, più volte mi aveva chiesto di farlo, ma io avevo sempre detto no, il dito non era un problema, ma oltre no, la cosa che mi dava fastidio era che mi aveva ingannato, aveva provato nuovamente senza nemmeno chiedere, riuscii a togliermi da quella posizione scomoda, e lei si ritrasse, aveva capito che non poteva andare oltre, allora prese possesso del mio cazzo con la bocca e insieme alle mani andava su e giù, usando la lingua come una girandola che sfiorava la cappella, non riuscivo più a trattenermi, ero in ginocchio appoggiato ai polpacci e con le braccia che mi sostenevano appoggiate al letto, un urlo precedette il mio orgasmo, schizzai con grande foga contraendomi più volte. Olga continuava a muoversi come una forsennata sul mio cazzo, non capivo più nulla, più nulla, ero venuto dentro la sua bocca e continuavo a contrarmi dentro di lei, delle scosse mi percorsero la schiena, la pancia il cervello... urlavo e mi tappai la bocca con una mano per non svegliare l'intero condominio... non vedevo più nulla, solo buio e elettricità ad un voltaggio altissimo, caddi all'indietro, il piacere era qualcosa di travolgente, ancora qualche contrazione dentro di lei, poi di colpo si staccò dal mio cazzo e si precipitò sulla mia bocca, io mi girai, non volevo neppure questo, mi divincolai ma la sua mano afferrò il mio viso e un bacio profondo ci avvinghiò, ormai c'era poco di me dentro la sua bocca, ma un gusto strano mai provato prima, mi entrò nel cervello... mi ero posseduto da solo, questo pensai, o ero stato posseduto...

Lentamente i nostri fiati e i nostri respiri si regolarizzarono e si calmarono...

Mi risvegliai il mattino dopo a casa sua, eravamo nudi nel letto, avevo un gran mal di testa e una gran nausea, la stanza aveva uno strano odore, io anche, Olga si alzò, era bella da vedere, ma anche un po' stronza e un po' possessiva... mi preparò un caffè. caldo in una tazzina spessa, come piace a me... bevvi lentamente, mi alzai mi vestii e me ne andai senza salutare, sbattendo la porta, ma questo capitava spesso fra noi, sesso, tanto, intenso, poche parole, tanti orgasmi, tante fantasie realizzate, nessun amore nato. Ma questo era quello che volevo.

Oggi non lavoravo, andai a casa mi feci una doccia lunga una vita, volevo togliermi di dosso il mio odore stesso, qualcosa di strano mi era accaduto in questi giorni, non capivo cosa, ma qualcosa era accaduto...

Capitolo 14

... Oggi dovevo incontrare Antonella al parco, in realtà ero combattuto, la mia tentazione era di andare al bar, come sempre ero in bolletta, volevo tirare su qualche soldo, ma desideravo anche andare da lei, le emozioni che provavo mi piacevano, mi divertivo a mettermi in gioco con qualcosa di nuovo, o con qualcosa di dimenticato o nascosto dentro le pieghe del mio cervello, quindi dopo una gran doccia, e un piatto di pasta in bianco, (il mio frigo era vuoto e la mia dispensa piangeva dalla disperazione), mi recai con calma al parco, l'aria era calda, ma la prospettiva di vedere Antonella mi rendeva particolarmente frizzante, il caldo non era un problema, il problema era che ero contento di vederla... ma questa è un'altra storia. Oggi niente pensieri, solo quello che capita.

Una panchina vuota all'ombra fu sede di una piccola pennica, la notte era stata burrascosa... ne portavo i segni addosso... fu il mio nome sussurrato nell'orecchio che mi svegliò, era Antonella che mi chiamava, dolcemente, mi diede un bacio sulla fronte e i suoi capelli chiari mi sfiorarono il viso, solleticandomi tantissimo, aveva sempre il suo zaino dietro, posato sulle spalle, pieno di telecamere e cavalletti, diceva che il mondo era pieno di avvenimenti e che prima o poi avrebbe filmato qualcosa di grande, un avvenimento speciale.

Fu un risveglio dolcissimo, da tempo non mi svegliavo con una visione così dolce, Lei come abito aveva una grande semplicità e personalità, il tutto era contornato da pantaloni di cotone e maglietta chiara, nessun accessorio, anelli, braccialetti, nulla, solo semplicità e personalità, sembrava felice di vedermi e questo mi gratificava moltissimo, questo sì che mi preoccupava, mangiammo insieme delle patatine che estrasse dal suo zaino misterioso, che gusto quelle patatine, le nostre mani si toccavano mentre cercavano le patatine nel pacchetto e io mi sentivo imbarazzato e timido, proprio io che la sera prima avevo fornicato all'inverosimile con Olga.

Il sole illuminava il viso di Antonella e mi accorsi che delle simpatiche lentiggini coloravano le sue guance, le sue labbra erano screpolate, sembravano dei pezzi di albicocca, maturi, spaccate dal caldo, i denti erano bianchissimi e irregolari, mentre guardavo questi particolari, Antonella disse "Perché hai paura di me? Mica ti mangio", io rimasi stupito da questa affermazione, avevo una gran voglia di baciarla, ma mi sembrava eccessivo, quelle labbra erano veramente accattivanti, ma la sua battuta incuriosì la mia mente viaggiatrice, infatti in maniera del tutto provocatoria dissi "Ma io mi farei mangiare volentieri da te...", sperando che fosse lei a fare il primo passo, infatti con mia grande sorpresa, prese la mia testa fra le mani e la avvicinò alla sua, le nostre labbra si unirono per un momento, solo il tempo di assaporare il dolce gusto del suo respiro e poi staccò subito, lasciandomi stordito da tanta personalità... in realtà non era la prima volta che le donne facevano il primo passo, ero abbastanza viziato in questo senso, anche se non ho mai capito il perché, comunque io ero eccitato, fisicamente e mentalmente, mi piaceva, era tosta, forse anche troppo, io mi avvicinavo lentamente nel tentativo di rubare un altro bacio, ma lei si allontanava sapientemente con scuse plausibili e pertinenti, lasciandomi a bocca asciutta... io la rincorrevo e lei scappava, come il lupo e la lepre, ma come sempre la verità non è quella che si vede, la domanda è sempre la stessa, chi è la preda e chi è il predatore... giocammo come due bambini a rincorrerci per il parco, ci rotolavamo per terra, ci nascondevamo dietro gli alberi, ridendo come due matti, la sensazione mia era piacevole, stavo bene, mi divertivo,mi sentivo quasi a mio agio, ogni tanto Antonella mi faceva domande strane, del tipo... "Sei mai stato malato?", e io fra una rincorsa e l'altra rispondevo Malato? Nemmeno l'influenza, da anni," "E altro ancora?" "Ma no, sono sano, magari ogni tanto prendessi qualcosa", "Perché?" "Per metterti in malattia e farmi un po' di cazzi miei e riposarmi."

La mia fantasia volava, io pensavo che volesse fare del sesso con me e non osava chiedere qualcosa di più intimo, probabilmente era per quello, allora chiesi io, "Ma perché mi chiedi questo? Mica dobbiamo fare l'amore no?", lei diventò rossa, questa volta ero stato io a metterla in imbarazzo, ma si riprese subito e incalzò "A me piace fare l'amore al naturale e a te? Ma a te piacerebbe?", "Cosa mi piacerebbe," "Non fare lo stupito dai, lo so che ti piaccio e che vorresti...", "Assolutamente no, io non chiedo mai," "Infatti, infatti, io invece chiedo se la cosa mi va, il problema è tuo, non mio," "Non hai chiesto nulla, quindi non ti va," "Ora andiamo a mangiare qualcosa, offro io, non dirmi di no, lascia perdere l'orgoglio lo so che sei squattrinato più di me..." "Va bene, ve bene, come vuoi tu, andiamo".

Mi chiedevo come faceva a sapere queste cose, probabilmente non sapevo fingere bene, ma tutte quelle domande poi... però mi intrigava, mi incuriosiva, mi piaceva stare con lei, mi teneva testa e mi metteva in difficoltà mi divertiva, provavo una stretta al cuore quando mi guardava, era una sensazione già provata in passato, ma ripudiata poi, mi eccitava anche... certo, ma mi interessava la sua testa, incredibile ma era così... in pizzeria la guardavo con occhi diversi, e lei se ne accorse, ad un certo punto prese la mia mano fra le sue, non disse nulla... fu un solo minuto, ma questa cosa mi eccitò tantissimo, ma mi emozionò anche, non era solo cazzo duro era anche altro, aveva la pelle morbidissima e io già immaginavo le sue dita sopra di me e le sue labbra che sussurravano parole ormai dimenticate, non riuscivo a staccarle gli occhi di dosso, infatti Antonella ad un certo punto disse "Cosa vuoi dirmi, se vuoi continuare a guardarmi fai pure, ma sembri un po' scemotto," la mia timidezza rasentava la patologia, ma mica potevo dirle ti amo dopo pochi giorni? Non l'amavo mica in fondo, provavo un sentimento che andava oltre il puro sesso, ma dire amore... troppo presto e troppo falso, erano sentimenti abbinati, dolcezza e sesso, comunque replicai "Non devo dire nulla, mi piace guardarti, sei molto carina, non ho altro da dire davvero," "Sembri un cucciolo che cerca affetto, ma quanti anni hai? Parla parla, non mangio nessuno io," ora ero un po' indispettito, non potevo raccontarmi, non ero e non sono proprio il tipo, la confidenza si conquista poco a poco, neppure Olga con cui scopavo da tempo, sapeva di me e dei miei vissuti... la chiusura era un'ottima difesa, ma affascinava anche, comunque non riuscì a scucirmi nulla, infatti fui risoluto e anche un po' duro "I miei anni sono zero, dieci, cento, mille... si sono un cucciolo di mille anni, questo sono, il resto è dentro di me e lì rimarrà...", le lasciai le mani e addentai la pizza per tranciare ogni discussione ma lei incalzò nuovamente "Essere misterioso non ti servirà a conquistarmi, a me piacciono gli uomini, non i bambini," io senza guardarla, mi alzai, andai alla cassa, pagai e andai via, lasciandola di sale, altri avventori si accorsero di questo, ma io non permettevo a nessuno di trattarmi in quella maniera, uomo o donna che sia, non dovevo spiegare a nessuno chi ero cosa volevo essere o cosa mi era successo, fare il misterioso... no, non volevo, la mia stessa era un mistero per me, non era certo lei la persona adatta per eventuali confidenze... no.

Il mio gesto mi scosse, ma non era la prima volta che reagivo così, queste donne che pensano di guardarmi dentro, no.

Piansi a dirotto per tutta la notte, non andai da Olga, mi avrebbe visto turbato e anche lei avrebbe giocato su questo, non volevo trattare male anche lei. Aveva già subito in passato le mie ire...

Stavo male però, per il gesto e per il suo comportamento, io volevo affetto vero, non volevo un terzo grado, magari avrei anche parlato, ma non subito, non subito.

Il giorno dopo cercai di non pensare più a questo episodio, dimenticare era la cosa migliore, lavoro, Olga, corse forsennate nel parco e poco di più, questa era la mia vita, non volevo vedere gente salvo che, non ne ero costretto. Passarono alcuni giorni, tutti uguali, finché un pomeriggio mi si presentò all'uscita dal lavoro Antonella, io pensai che andava in ospedale per altri motivi, ma in realtà cercava proprio me... io volevo evitarla, che noia i chiarimenti eventuali scuse, non avevo voglia, ma lei era sorridente e quindi mi avvicinai, mi disse "Vieni, andiamo in un posto tranquillo, devo parlarti", ecco ci siamo, pensai io, ora mi dice che sono un coglione, che non vuole più vedermi, che sono un bambino e altro ancora... ma ormai non potevo più tirarmi indietro... arrivati in un luogo tranquillo, si mise davanti a me a con una forza incredibile, mi diede uno schiaffone da farmi girare per un'ora, la sua mano mi scosse dentro... sentivo una rabbia indescrivibile, il dolore era dentro, non fuori, stavo per girarmi ed andarmene, mica potevo menare una ragazza, ma lei prese la mia testa fra le mani, (cosa che mi piace tantissimo, ma che lei non sapeva) e avvicinò le sue labbra alle mie, fino a darmi un bacio lunghissimo, da me corrisposto alla grande, qualche lacrima scendeva dai miei occhi, non capivo se era stato il dolore dello schiaffo o il dolore dell'umiliazione... ma lei non se ne accorse, ci staccammo, ma io mi girai e m'incamminai verso l'uscita... ma Antonella mi raggiunse e senza dire una parola mi prese la mano e la strinse... mi sentivo strano, combattuto, avvilito, confuso, ma il suo contatto mi piaceva e anche il suo schiaffo... in fondo era un gesto d'affetto... strano ma vero, ero veramente così solo?

Uscimmo dall'ospedale e io salii in auto con lei, non parlavamo, almeno per un po' poi Antonella mi chiese scusa per lo schiaffo, mi portò sotto casa, mi diede un bacio sulla guancia e andò via senza una parola.

Non volevo più rivederla, il suo modo di fare m'incuteva paura, ero attratto da lei ma spaventato allo stesso tempo, ma non potevo cambiare luogo di lavoro o abitazione per via di questo, dovevo lasciare passare del tempo, tutto qui.

Ma il giorno dopo Antonella era all'uscita dell'ospedale, sorridente, mi avvicinai e dissi "Se devi prendermi a schiaffi dimmelo prima, mi preparo," "No volevo offrirti un caffè visto che l'ultima volta hai offerto tu..." "Va bene, andiamo al bar, ma non qui, non mi va, andiamo fuori" e infatti andammo in un piccolo bar, squalliduccio, ma vuoto, senza avventori, eravamo faccia a faccia, ma io non dicevo nulla, la guardavo come uno scemotto appunto... ma non volevo andare oltre, stavo per chiudere la faccenda in maniera definitiva, bastava poco. Molto poco... ma Antonella mi guardava dritto negli occhi, non mi mollava, il suo sguardo reggeva il mio, ma non avevo voglia neppure di questo io, ero combattuto, volevo mettere in gioco i miei affetti, la mia anima forse, ma non ero sicuro di essere pronto a questo, avevo molta paura di amare, moltissima, per questo Olga mi teneva a se, per via di questa paura, fottutissima paura... Antonella mi riprese le mani, provai una sensazione incredibile, mi girava la testa, vedevo offuscato, questo mi capita quando sono molto eccitato, in realtà era una sensazione psicofisica anima e corpo erano eccitati, bello, bellissimo... la sua bocca si mosse e disse qualcosa, ma io non capivo nulla, ero confuso e stordito, inebriato da quel semplice gesto... le chiesi di ripetere le sue parole, infatti ridendo mi disse "Sei buffo, incredibilmente difeso e indifeso nello stesso tempo, avessi avuto la telecamera ti avrei ripreso, dovresti vederti, sembri un cucciolo vestito da adulto, non un bambino, non voglio offenderti, un cucciolo in cerca d'amore, di coccole, di baci di abbracci, di carezze... mi fai tenerezza, tanta, la tua solitudine è veramente grande, grandissima, più grande di te, ma perché non dici nulla, ti nascondi dietro al tuo sorriso, guarda che se continui così scoppi, sei ancora giovane per quello che fai...".

Io non riuscivo a parlare, volevo addirittura piangere, ma non davanti a lei, non volevo raccontare il mio passato, la sofferenza allontana, io volevo stare insieme, non per pietà, ma per altro, provavo una forte attrazione fisica ma questa volta la situazione era diversa, non era amore ma un sentimento c'era.

Bevemmo una coca cola con due cannucce, io non dissi nulla per tutto il tempo... nulla, ma Antonella mi teneva la mano, mi accarezzava il viso... poi disse "Adesso devo andare, ti aspetto domani", mi diede un bacio sulla fronte e andò via.

Mi ripresi a stento da quel bacio e da quelle carezze, ma ero deciso ad andare da Olga e tranciare definitivamente il rapporto, dirle "Ora basta, mi sono fidanzato, è una cosa seria cosa credi, mi spiace, credimi, ma non possiamo andare più avanti così...", questo era un mio desiderio, ma quella sera non andai da lei, rimasi nel mio letto a fantasticare, abbracciando il cuscino a luce spenta.

Antonella entrò prepotentemente nella mia vita, nel giro di due giorni lei stessa mi chiese di mettersi insieme a me, e mi propose di uscire con dei suoi amici, in coppia, come fanno tutti i ragazzi del mondo, io ero euforico, tagliavo la barba tutti i giorni, e mi guardavo anche allo specchio, altra cosa incredibile.

Uscimmo in gruppo un paio di volte e mi divertivo anche, ad Olga telefonavo, da una cabina, non volevo andare a casa, mi faceva tenerezza lei adesso.

Un pomeriggio in cui ero di riposo io e Antonella andammo al parco, la giornata era splendida, luminosa, il suo zaino era sempre pieno di videocamere e altro ancora, patatine, popcorn... ci baciavamo delicatamente, anche se io fremevo, ma non chiedevo nulla, non osavo e non volevo nello stesso tempo, ma Antonella disse "Andiamo a casa tua? Qui c'è caldo, magari mi faccio una doccia... mi rinfresco... che ne dici?", la cosa non mi piaceva ero combattuto, avevo paura di portarla a casa mia, avevo una gran voglia di saltarle addosso... ma volevo aspettare ancora, magari non si faceva nulla, qualche bacio, un po' più intimo, ma portare qualcuno a casa mia... vedere la mia casa... altro che guardarmi dentro... dissi di no, non volevo, cioè volevo, ma non ora, trovavo la cosa invadente. Antonella ci rimase un po' male, ma non protestò più di tanto, sapeva che era inutile insistere, non c'era seduzione che tenesse, non avevo bisogno di sesso, ma di amore, non poteva tentarmi, non avrebbe ottenuto nulla. Passammo il resto della giornata giocando a rincorrerci fra gli alberi, anche se Antonella era un po' ferita, ma nulla avrebbe potuto farmi cambiare idea, almeno ora, ma il destino volle metterci lo zampino, infatti, scoppiò un terribile temporale, proprio mentre eravamo vicino casa mia, noi essendo in bicicletta ci lavammo da capo a piedi, gli abiti di cotone erano appiccicati addosso e sembravamo due pulcini intirizziti, Antonella era preoccupata per le sue videocamere, l'acqua poteva averle danneggiate e visto che pioveva ancora fui costretto a farla entrare a casa mia...

Il suo sguardo, appena varcato l'uscio, era indagatorio, osservava ogni angolo, ogni anfratto della casa, cercava di essere disinvolta, ma era evidente che la sua curiosità imperava.

"Dov'è il bagno? Una doccia calda sarà utile, ma prima controllo l'attrezzatura," io ero seduto in un angolo della cucina e pensavo ad un altro tipo di attrezzatura, ma cercai di farmi piccolo piccolo nella sedia, infatti Antonella scherzosamente disse "Sai cosa sembri? Un cucciolo bagnato, asciugati, non ti guardo mica," non era la prima volta che mi chiamava cucciolo, non capivo questo vezzeggiativo, proprio no, comunque andai in un'altra stanza e tolsi gli abiti bagnati, senza farmi vedere, mi vergognavo o meglio ero imbarazzato, nel frattempo Antonella aveva tolto le videocamere dallo zaino, erano due apparecchi molto belli, almeno per quel che ne capivo io, e non avevano subito danni, almeno apparentemente, ma bisognava provarli per vedere questo. Poi Antonella andò in bagno per fare la doccia, prima io le porsi un asciugamano grande e pulito e lei lo portò al viso annusandolo, e godendo del profumo e della morbidezza, (usavo molto ammorbidente...) ... Attraverso il vetro opaco, vidi Antonella che si spogliava, vedevo le macchie scure dei capezzoli e del pube e m'immaginavo in mezzo a loro, con la bocca, con le mani e non solo... infatti ero molto eccitato, ma fortunatamente la porta era chiusa, non a chiave però, Antonella aveva solo socchiuso l'uscio e questa cosa mi eccitava ancora di più... sentivo l'acqua scrosciare e avrei voluto essere parte di quelle gocce per poter esplorare quel corpo che desideravo, mi sarei insinuato fra i seni, per poi scendere sul pube e toccare da vicino gli umori corporali... e poi entrare nella piega dei glutei e perdermi, perdermi...

Dovevo pensare ad altro, non a questo, non volevo un altro corpo, avevo già avuto molti corpi, ma io non avevo fatto i conti con le sue di voglie.

Antonella uscì dal bagno avvolta nell'asciugamano, i capelli erano raccolti, li aveva asciugati con il fon, senza guardarmi passò oltre e andò a controllare la sua attrezzatura, montò una video camera ai piedi del letto e una vicino ai cuscini, vedevo che trafficava con bobine e cavalletti, meglio pensai così lei è distratta e io anche, rideva mentre controllava, io la sbirciavo ed ero divertito da tutto questo, l'asciugamano sembrava attaccato al corpo, ma quando si chinava e si muoveva riuscivo ad intravedere scorci di cosce e gambe...

eccitante, molto eccitante... si vedeva poco, ma si immaginava tutto, almeno io immaginavo tutto. La mia eccitazione stava salendo vertiginosamente... d'improvviso Antonella si diresse verso di me, si avvicinò guarda domi fisso negli occhi, prese il mio viso fra le mani e lo avvicinò alla sua bocca... fu un bacio travolgente, il mio stomaco si strinse fino a farmi sentire un brivido quasi simile all'orgasmo, la mia lingua entrò nella sua bocca, toccando denti e labbra, respirai dentro di lei, riempiendola del mio fiato... questo gesto la fece mugolare, la sua bocca non si staccava dalla mia... ma ero io che volevo staccarmi ora, non volevo, proprio così, non volevo, mi staccai e la guardai in viso e dissi "No... aspettiamo... aspettiamo... è presto... io... io..." " ... Tu... cosa... tu... mi piaci e basta... se vuoi faccio io faccio sesso e tu fai l'amore... vieni sul letto adesso," mentre diceva questo mi prese per la cintura e mi portò in camera, lo fece senza sforzo alcuno... stavo letteralmente scoppiando, ma questa volta per me era diverso... in un attimo fui nudo, quasi mi vergognavo, lei si sfilò il telo di cotone e si sdraiò nel letto... a pancia in su, io le fui sopra e cominciai a baciarla sulla bocca, le mie labbra sentivano le sue labbra morbide, la mia lingua si intrecciava con la sua, le sue gambe si divaricarono per accogliermi... io mi strusciavo senza possederla, sentivo il suo pube fremere al contatto della mia pelle, ero stranamente indeciso, finché Antonella disse "Prendimi ora... prendimi...", questa frase mi fece venire i brividi... sentivo il mio cazzo pulsare, spingevo delicatamente sulla sua vulva calda... un colpo leggero... uno un po' più forte... lei si irrigidì, io fermai la mia spinta... ripresi a baciarla... rispose bene al bacio, spostò il suo baricentro, e le sue mani presero i miei glutei e dopo qualche carezza accompagnarono la mia spinta... entrai... lentamente e con fatica... quando fui dentro Antonella gemette con una smorfia quasi di dolore, ma poi si rilassò e riprese a baciarmi... io continuavo a muovermi su di lei continuando a baciarla, mi muovevo e sentivo il suo corpo strofinare con il mio, la abbracciavo, stavo facendo l'amore, si stavo facendo l'amore... ad un certo punto, anche troppo in fretta, cominciai a gemere, stavo venendo, avvisai Antonella, che sembrava non capire... "Sto venendo. Sto venendo..." e Antonella rispose "Ti voglio dentro... ti voglio dentro... ora...", scoppiai in mille contrazioni godevo come non mai, dopo spasimi elettrici dove il mio seme inondava letteralmente l'interno di Antonella mi appoggiai su di lei e mi abbandonai in un bacio lunghissimo... e dolcissimo... Antonella non aveva raggiunto l'orgasmo, era evidente, ma sembrava soddisfatta... io uscii da lei... rimanemmo così per almeno dieci minuti e poi la danza riprese... per altre due volte...

Ci addormentammo insieme e fu un sonno dolcissimo, quasi mai provato prima.

Il mio risveglio fu senza Antonella, trovai un biglietto sulla cucina "A domani... a dopodomani...".

Io ero semplicemente raggiante, sprizzavo felicità da tutti i pori, non volevo nemmeno fare la doccia per non togliere il suo profumo, ridevo come un bimbo che ha rubato la marmellata e non è nemmeno stato scoperto, stavo finalmente mangiando la vita, si stavo mangiando la vita, stavo vivendo...Camminavo per strada, ma in realtà volavo, salutavo tutti come un cretino, ma ero felice.

Il giorno dopo Antonella mi fece una sorpresa... a dir poco inaspettata... insolita, aveva in mano una cassetta, VHS, la teneva in mano trionfante e disse "Stavolta ho filmato qualcosa di incredibile...", avevo un videoregistratore nuovo, mi era costato ben seicentomila lire, una fortuna, Antonella era stranamente frizzante, ci piazzammo sul divano e facemmo partire la cassetta... lo spettacolo era davvero sorprendente... eravamo io e Antonella, nel letto, mentre facevamo l'amore, le immagini erano divise in due, una ripresa era da dietro e una davanti, vedevo il mio corpo che penetrava Antonella, vedevo tutto, i miei glutei tondi che spingevano accompagnati dalle sue mani, non avevo mai visto il mio corpo così... l'avevo visto allo specchio, ma mai in questa maniera... esprimeva potenza, i miei muscoli erano tesi, contratti e tesi... la mia schiena copriva Antonella per intero, il nostro amplesso era un unico abbraccio, stringevo Antonella dolcemente... ma la cosa che mi colpì di più, fu il mio viso, tenevo gli occhi chiusi, le mie labbra cercavano sempre le labbra di lei, sembravo quasi piangere, anzi si vedeva una lacrima scendere lentamente, inarcavo il collo dal piacere, ma poi tornavo sulle sue labbra, sempre, il mio orgasmo fu un tripudio di abbracci e gemiti le immagini restituivano un corpo solo, non due, non era stata una scopata qualunque, non per me almeno, rimasi allibito quando il mio corpo addormentato, rimase avvinghiato a lei... accucciato, delicatamente accucciato... accoccolato, avvolto a lei, sempre con gli occhi chiusi...

Lo spettacolo fu eccitante, un po' imbarazzante a dire il vero, non chiesi spiegazioni, andammo in camera da letto e rifacemmo l'amore, questa volta senza video camere, abbassai la tapparella e spensi la luce, lo facemmo almeno tre volte, godendo dentro di lei sempre... ero felice, ma inquieto.

Antonella disse "Senti Antonello, domani parto, torno fra

un mese, devo andare a Roma per un provino e un concorso, ti scriverò una lettera con un numero di telefono, quello di mia zia, ma prima devo chiedere il permesso capito?", io ero così avvilito che risposi a malapena... "Sì, va bene, ti aspetto, ti aspetto...", mi abbracciò fortissimo, sentivo le sue lacrime sul mio collo... io riuscii a non piangere, ma appena fu fuori casa, scoppiai in un singhiozzo dirotto, cominciai a prendere a calci i mobili, le sedie... indossai i pantaloncini e la maglietta e andai a correre, corsi più di due ore, piangendo, ma sperando, sperando in un altro abbraccio...

Il tempo passava ma nessuna lettera nella buca...

Era passato più di un mese... ma un giorno, la mia sorpresa fu grande, una lettera, ma non era da Roma, il timbro sul francobollo era straniero, proveniva dall'Inghilterra... aprii la lettera strappando i bordi. La lettera citava così.

Sei stato dolcissimo, Sei dentro di me, e lo sarai per sempre.
Non cercarmi io non ti cercherò.
Non capiresti. Perdonami.

Antonella.

Capitolo 15

L'abbandono da parte di Antonella, mi aveva sconquassato l'anima, è stato un semplice passaggio, ma mi aveva sconvolto. Ero tornato fra le braccia e fra le gambe di Olga, ancora più disperato di prima, ancora più prepotente e più arrogante.

Due giorni dopo aver ricevuto la lettera, il mio seme si depositava nuovamente su quel corpo di donna adulta, su quel corpo di donna vogliosa, ma anche lei sola e povera di vita.

Lei era il mio unico contatto con il mio corpo, l'unico contatto con la vita terrena, vita che ormai mi dava poco, nonostante la apparente felicità, da qualche tempo affioravano ricordi, episodi, rimproveri, frustrazioni e non riuscivo ad affrontare vita e me stesso. Ormai lasciavo che Olga mi segnasse il corpo, mi deturpasse l'anima, ero in cerca di qualcosa che non arrivava mai... mai, mai.

Al tempo frequentavo in maniera discontinua una famiglia composta da padre madre un figlio della mia età e una figlia più grande, cercavo compagnia, compagnia normale.

Frequentava la stessa casa, una signora di 40 anni circa, molto distinta, a volte arrogante, ma era un'arroganza di difesa, lavorava in una azienda di erboristeria e lei era responsabile del settore import export o qualcosa del genere, poco mi importava. Anche quella situazione mi stava stretta, troppe domande, ma ero curioso di alcune situazioni e quindi glissavo e resistevo senza cadere i risposte sbagliate.

Una sera ero invitato a cena e con mia amara sorpresa era

presente anche Adele, la cena proseguiva tranquilla, ma Adele, iniziò a attaccare il mio abbigliamento, diceva che era giovanile, ma usavo spesso gli stessi capi e che dovevo cambiarmi più spesso (non aveva nemmeno torto in verità...). Io ero imbarazzato, ma non giustificavo il tutto, dicendo che la pulizia era sempre presente e che gli abiti e i maglioni erano puliti, li indossavo al mattino e li lavavo la sera, (avevo poco da mettere), ci beccavamo spesso, e lei si divertiva anche perché io non cedevo affatto e rispondevo a tono ad ogni sua provocazione, io non attaccavo mai, aspettavo e ribattevo, aveva due figli, un maschio ed una femmina che avevano pressappoco la mia età, bravi ragazzi, ma lontani dal mio mondo.

Adele sapeva le mie frequentazioni con Olga, non so chi ma qualcuna aveva detto questo a lei e alla famiglia che frequentavo, questo sopì ogni domanda, ma inasprì l'atteggiamento della donna nei miei confronti, era garbatamente aggressiva, ma stranamente lo era solo su argomenti superficiali, non osava mai attaccarmi su qualcosa di molto personale o relativo alla mia personalità.

Qualche volta mi capitava di uscire in comitiva (odiavo farlo, ma dovevo per forza a volte, dovevo e volevo sembrare un ragazzo come tanti), e nella comitiva vi era anche sua figlia, Angelica, ragazza graziosa, minuta, fragile dentro e fuori, troppo fragile per me, mi faceva una corte discreta, mai invadente, sempre educata, ma non chiedeva nulla, quindi niente da fare, e poi io uscivo dalla breve, troppo breve storia con Antonella, mi bruciavano ancora gli occhi dalle lacrime versate.

Non ne volevo sapere di storie che potevano avere una conseguenza emotiva, non volevo soffrire e non volevo fare soffrire, meglio una sana scopata senza coinvolgimento alcuno...

Angelica non amava tanto Adele, almeno così mi era parso di capire, ma a quell'età è abbastanza normale che i rapporti madri figli siano tesi, ma io volevo rimanere fuori da queste cose, chissà perché venivano a raccontare tutto a me, io non chiedevo mai nulla, facevo solo finta di scherzare. Facevo lo spensierato e il burlone, poi in solitario piangevo come un vitello al macello, ricordo che spesso nel bel mezzo di una serata, dicevo che dovevo andare a lavorare, anche se non era vero e fuggivo via in un angolo buio della campagna, solo con i miei pensieri e le mie cicatrici, ero consapevole del fatto che io mi rifiutavo di amare o forse non ne ero più capace, cominciavo a fare fatica a fare tutto o quasi, mi sforzavo incredibilmente di vivere, e per me vivere era scopare come un matto con Olga, il sesso era l'unico modo per sentirmi vivo, anche se il mio seme non produceva alcuna vita, ma uccideva lentamente la mia.

Adele Un giorno m'incontrò da solo, mi stavo recando dal panettiere e lei anche, quindi disse "Prendi un caffè con me? Devo chiederti due cose di Angelica, so che ogni tanto vi vedete," "Nessun problema", così dopo aver comprato Toscano e biove andammo in un bar del paese, dove io ero conosciuto, purtroppo ero conosciuto ovunque in paese, e spesso non potevo muovermi senza dovermi fermare per salutare o altro. Comunque ci sedemmo, io avevo il mio classico abbigliamento, cioè Eskimo azzurro, maglione a coste inglesi grigio, jeans, scarpe American Eagle rosse, sciarpa e guanti rossi, e un ciuffo di capelli, ribelle come la mia anima, non sempre ero vestito in questa maniera, a volte indossavo uno spolverino nero, anni '60, con grande camicia bianca, sempre anni '60, con i gemelli ai polsi e un gilè nero... e un guanto di cotone bianco, tagliato sulle dita, alla mano sinistra. Ero sempre originale e spesso alcuni ragazzi mi chiedevano dove acquistavo quei capi, non li trovavano in giro, ma il mio segreto era... il mercato dell'usato, indumenti seminuovi, datati, ma incredibilmente belli e alla moda, ma a parte questo, che era motivo di discussione con Adele, prendemmo il caffè e l'argomento fu sua figlia. Adele voleva sapere se io ero interessato a lei, perché io interessavo notevolmente. Tutto questo successo non sapevo spiegarmelo, forse l'alone di mistero che girava intorno a me, al mio sparire, al mio non dire mai nulla, a volte riuscivo a non farmi vedere per intere settimane, e molti si chiedevano, dove io fossi, ma nessuno osava chiedere, il mio muro era veramente spesso e altissimo, invalicabile e indistruttibile. Passavo il tempo al lavoro, a casa di Olga e in giro da solo per luoghi solitari. Ma che mistero che alimentavo, che mistero. Comunque, ribadito il concetto che a me sua figlia non interessava, Adele mi invitò a mangiare una pizza, mi disse che parlare con me le era piaciuto, e che non avrebbe più toccato l'argomento dell'abbigliamento. Mangiare una pizza non era un problema, il problema era dove e chi avrebbe pagato, avevo qualche soldino da parte ormai, ma non so per quale motivo non volevo spendere troppo, che mentalità meridionale che avevo a volte.

Due sere dopo l'incontro, ci incontrammo per la pizza, io mi vestii in maniera provocatoria, come due giorni prima, per quel che m'importava, ma non disse nulla, era sorridente e soddisfatta, sembrava avesse raggiunto un traguardo. Il suo abbigliamento era sportivo, ma di classe, i suoi capelli mossi cadevano morbidi sulle spalle, camicetta aperta sui piccoli seni e jeans, stretti con scarpe con tacchi alti, la differenza di età si notava, ma poco m'importava, ci recammo in una pizzeria del centro, molto graziosa, non una qualunque, usammo la sua auto, una Uno Energy Saving, per il risparmio energetico, mi sentivo un po' strano, essere trasportato come un ragazzino, in fondo potevo essere suo figlio, comunque il discorso filava, e anche durante la cena, si parlava in maniera tranquilla, di tutto fino ad arrivare a parlare di sua figlia Angelica, io ribadii il concetto che non volevo avere alcun legame con sua figlia, anche se era una ragazza carina e intelligente, per ora non sapevo cosa fare della mia vita, prendevo quello che mi offriva, senza cercare nulla di preciso.

Il suo sguardo mi colpì alquanto, attraverso gli occhiali e il trucco, notavo un certo interesse, e la situazione mi stuzzicava alquanto, era una donna bella e intelligente, ma ero proprio sicuro che s'interessasse a me? O questo era un mio desiderio? No il suo atteggiamento era chiaramente provocante, ampi sorrisi, mano sul collo, testa piegata da un lato, labbra mordicchiate senza ritegno, pizza mangiata lentamente e voluttuosamente... sì, mi voleva, ne ero certo, sicurissimo ormai, ma io come sempre non feci alcun passo, attendevo come sempre e poi... chissà... ma perché tuffarsi in una nuova avventura? Perché questa ricerca di conferme... avevo lutti non elaborati da risolvere, vuoti esistenziali grandi come una valle, avevo subito da poco un tentativo pesante di approccio da parte di un uomo... e tante altre cose non risolte, come ad esempio la poca voglia di vivere che stava prendendo piede sempre di più dentro di me... eppure nonostante tutto, al suo "Prendi il caffè da me?", dissi subito "Certo, sarà un vero piacere...", il resto della

cena passò allegramente fra un sorriso e una provocazione...
io mangiavo lentamente, gustando ogni briciola di qualsiasi
cibo avessi sotto i denti e lei rispondeva alla stessa maniera,
ma usando gli occhi in maniera equivocabile... ero un po'
troppo sicuro di me, ma la cosa mi divertiva assai, come
sempre questo gioco mi faceva sentire vivo. In auto, il
mio imbarazzo cresceva, ma questa emozione faceva parte
del gioco, io ero un gran timido, abituato malissimo, dalle
donne e dalla vita.

In ascensore, lei si avvicinò alla mia bocca e prese a baciarmi
delicatamente, ma in maniera esperta, io risposi in maniera
più irruenta, ma lei placò la mia foga con un piccolo morso
alla lingua, entrammo in casa, io ero già eccitato, ma volevo
stare calmo e non bruciare tutto in un attimo, non era mio
costume fare così, mi offrì da bere, un whisky secco, senza
ghiaccio, io non ero affatto abituato a bere, ma riuscii a
deglutire il tutto senza apparenti problemi, in pizzeria avevo
pasteggiato con coca cola, facendo una figura da... bravo
ragazzo, fin troppo. la casa era ben arredata ma disordinata,
i due figli ora assenti, dormivano in un'unica stanza,
disordinatissima anche quella, notavo queste cose perché
veramente grandi nella loro manifestazione, la cucina era in
ordine, segno che era poco usata, il divanetto colorato,
accolse i nostri corpi, ci sedemmo con i bicchieri in mano,
sorseggiammo il liquore e ci guardammo senza parlare... poi
ci avvicinammo e ci baciammo a lungo, molto a lungo, senza
prendere fiato, un po' l'alito alcolico m'infastidiva, non ero
abituato, ma ormai il gioco era fatto, non potevo e non
volevo tornare indietro, le mie mani cominciarono a
muoversi su quel corpo magro ma non spigoloso, entrarono
dentro la sua camicetta e toccarono i seni piccoli, grossi

capezzoli con areole scure si esaltavano sulla carnagione bianca, la tonicità non era quella di una ventenne, il seno era stato usato come biberon da almeno due bambini, ma nel complesso non era affatto male, lentamente senza staccarmi dalla sua bocca sfilai la camicia, il reggiseno e la canottiera di cotone leggero, poi le mie mani passarono ai pantaloni, che sbottonai senza problemi, infilando la mia mano dentro gli slip e scivolando con le dita all'interno delle grandi labbra e poi ancora più giù sentendo l'umidità che cresceva, la sorpresa più piacevole, la situazione si faceva interessante e intrigante, continuavamo a baciarci senza sosta, senza respiro, la denudai, sfilai pantaloni e slip e si ritrovò nuda sotto le mie mani che frugavano ogni sua intimità... io ero incredibilmente ancora vestito, lentamente mi spogliò togliendo prima la maglia, oggetto di tanti litigi, scagliandola contro il pavimento con forza, poi la camicia, poi passò ai pantaloni che sfilò con calma e poi i boxer, immediatamente le fui sopra e senza preamboli la penetrai con foga, strappandone un urlo misto di dolore e piacere, rimanemmo sul divano, i miei movimenti si fecero più veloci, incalzanti, prepotenti, in pochissimo tempo cominciò a gemere di piacere e in un attimo arrivò all'orgasmo stupendomi, era la seconda donna che conoscevo che arrivava all'orgasmo con la sola penetrazione ma in un tempo così breve, non mi era mai capitato, eccitato da questa situazione e dalla sua eccitazione esplosa, spinsi con ancora più foga, trattenendo il mio piacere all'interno, lei gemeva ancora per il precedente orgasmo ma nel giro di un attimo arrivò anche al secondo... gemeva in maniera delicata, le sue mani affondarono sulla mia schiena, andando su e giù fino a sfiorare i glutei, rimanemmo nella stessa posizione e essendo io ancora carico di tutto il mio contenuto, ripresi a spingere deciso ad arrivare al mio piacere, ma lei mi precedette un'altra volta, incredibile, veramente incredibile... godette per ben tre volte e io ancora nemmeno una, ma visto che il mio "dovere" l'avevo fatto mi lasciai andare e in estremo silenzio, cosa alquanto strana per me, venni dentro di lei, lei si accorse che io ero venuto solo perché lo dissi... mi abbracciò teneramente e disse "Non hai nemmeno banfato," e mi strinse a sé ulteriormente... rimanemmo sdraiati per dieci minuti circa, poi la mia sfida con me stesso prese nuovamente piede e ripresi a baciare Adele, che accolse la mia lingua con voglia, in un attimo fui sopra di lei e la penetrai nuovamente, sempre la medesima posizione, quella classica del missionario, ma volevo così, mi piaceva vederla godere sotto i miei colpi... e infatti così fu, nel giro di poco tempo arrivò all'orgasmo altre due volte, io non dovevo fare alcuno sforzo, mi muovevo e basta, sembrava tutto così facile... il tutto fu ripetuto per tre volte quindi sei a tre per lei. La terza volta però volli fare alcune variazioni sul tema e mi sbizzarrii in posizioni ginniche particolari, con l'intento, riuscito, di fermarmi poco prima del suo orgasmo per molte volte, per farla esplodere di piacere in maniera travolgente, anche io non mi trattenni nei gemiti, ero un po' in imbarazzo... ma continuavo nella mia opera. Notai una certa differenza d'attrito, non tutte le donne sono uguali, né di cervello né di altro... dopo gli amplessi, Adele voleva parlare, parlare con me di molte cose, rimanemmo a chiacchierare per almeno un paio d'ore e mi confidò una serie di cose di uno spessore incredibile, mentre parlava, mi teneva stretto a sé o mi teneva la mano, era incredibilmente tenera, tutta la sua aggressività era svanita, polverizzata, totalmente liquefatta, era una donna tenera, bisognosa di amore e tenerezza, mi disse che a 18 anni subì una violenza sessuale da parte di un amico di famiglia, sotto la doccia... un amico di famiglia, pazzesco, e che il marito il giorno delle nozze si è lamentato del fatto che non era vergine, aveva tanta voglia di parlare e di dirmi e dirsi una serie di eventi passati, fumava e raccontava... ma io ora volevo andare via, via, ora mi sentivo a disagio, ascoltare i fatti altrui... con una scusa plausibile andai via, anche se lei voleva che io restassi a dormire, voleva la mia presenza, con o senza sesso. Ma io andai via, ovviamente non andai a casa, ma da Olga, anche se era tardi mi aprì e io appena la vidi le saltai addosso come un assatanato di sesso, ci spogliammo nell'ingresso, Olga non era affatto stupita di questo e assecondò il mio desiderio, ricambiando baci e carezze, ma io volevo possesso, solo possesso e la presi senza preamboli. Sul pavimento freddo, la penetravo con estrema forza, assatanato, infoiato, non cambiavo mai posizione, la inchiodai al pavimento nella classica pozione del missionario, le tenevo le mani schiacciate, non la baciavo nemmeno, andai avanti per un tempo lunghissimo, Olga non capiva questo mio non andare oltre, niente preliminari, niente baci, nulla, solo penetrazione selvaggia, il mio cazzo entrava e usciva nella fica bagnata senza fermarsi, i miei glutei e la mia schiena spingevano e il mio cervello fuggiva dalla realtà, dai pensieri cattivi, volevo svuotarmi di tutto, di tutto, anche della mia vita, volevo farla uscire da me e depositarla altrove, ma lontano da me, lontano da me. Via, via. Venni gemendo urlando come un matto in preda ad una convulsione, mi contrassi più volte, pochissimo liquido uscì da me, ma l'orgasmo fu intenso, liberatorio, travolgente, possessivo, l'unica cosa di cui avevo possesso in questi momento era il mio cazzo, nemmeno il mio corpo, mi abbandonai sul pavimento, incurante di Olga, incurante del freddo, incurante della mancanza di rispetto, respiravo affannosamente, guardavo il mio addome che si muoveva su e giù. Olga mi prese per mano e insieme andammo sul letto, un po' di tepore mi avrebbe fatto bene, anche Olga mi abbracciò, mi strinse a sé, forte, sentivo il suo respiro sul mio collo, era un respiro caldo, sapeva di buono, non sapeva di alcool come quello di Adele, era un odore casalingo, il suo seno toccava il mio petto, le sue labbra cercavano le mie, Olga non sapeva che era la quarta volta che raggiungevo l'orgasmo nel giro di poche ore, che ero vuoto, vuoto di tutto, ma il suo contatto mi stimolò di nuovo, il mio cazzo diventò nuovamente duro, mi faceva male, ma non mi importava, Olga prese a leccarlo, delicatamente, accompagnando con le mani, andando su e giù, poi con la bocca si portò sul mio collo e lo morse forte, facendomi urlare dal dolore e dalla sorpresa, era lei che reclamava il suo prezzo, ora era lei che voleva divertirsi, le sue unghie affondarono sulle mie spalle, mentre il mio cazzo entrava dentro di lei... iniziò a muoversi, seguendo il suo ritmo, prima lento, poi veloce, le sue mani tenevano le mie, ero come crocifisso al letto, Olga apprezzava il suo gestire la situazione, poi le sue mani abbandonarono le mie e presero i suoi seni, pizzicando i capezzoli, le mie mani circondarono i suoi fianchi, e spingevano il bacino avanti e indietro, facendo strofinare il suo monte di Venere sul mio pube, un mio dito si insinuò fra i due bacini, toccando il suo punto più sensibile, cominciò a gemere di piacere, sentivo il suo piacere aumentare... aumentare... ad un certo punto tolsi la mano e uscii da lei capovolgendo la situazione, volevo penderla da dietro, e spingere con tutto me stesso, Olga si posizionò come una giumenta pronta all'accoppiamento, vedevo il suo culo tondo e sodo pronto ad accogliermi, baciai avidamente la sua intimità più nascosta, la mia lingua gettava saliva in abbondanza, appoggiai il mio cazzo e spinsi delicatamente, Olga chinò la schiena allargando meglio le natiche, diedi un'altra spinta e poi un'altra ancora... ripresi a leccare ed umettare l'ingresso sella sua cavità, poi ritornai all'attacco, spinsi forte, troppo forte, un urlo ma entrai... spinsi di nuovo, ero dentro ormai, la mani di Olga allargavano le natiche... spingevo, spingevo... oramai ero dentro... mi muovevo come un ossesso, sentivo il rumore del mio bacino contro il suo culo, sbattevo forte, forte, avanti e indietro, le mie mani tenevano fermo il culo tondo, poi lentamente cominciai a toccare la clitoride, bagnato e turgido, andavo allo stesso ritmo del mio cazzo, prima su e giù, poi con moto rotatorio, Olga gemeva, non reggeva più la penetrazione anale, andavo avanti da tempo, dovevo farla venire, continuai a muovere la mano sul suo punto sensibile, sentivo il suo respiro aumentare di ritmo, la sua testa si muoveva, si inarcava, fino ad un orgasmo intenso, rumoroso, prolungato... io non continuavo ancora a muovermi dentro di lei, ma Olga mi disse "Basta, non c'è la faccio più," allora uscii da lei, lo prese delicatamente fra le mani e prese a menarlo, sempre più forte, sempre più forte... andò avanti per un bel pezzo, finché una contrazione accompagnata a un gemito soffocato fece zampillare poche gocce dal mio cazzo, rosso e dolente, Olga continuò a muovere la sua mano regalandomi un dolore quasi ultraterreno, estenuante... mi abbandonai letteralmente esausto, volevo piangere, ma scoppiai in una risata al limite fra l'ironico e la follia... Olga non capiva, mi guardava soltanto, disse solo "Dormi qui?", "No, devo andare, devo andare," infatti mi vestii senza nemmeno lavarmi e andai verso casa... respiravo l'aria fredda, mi entrava nei polmoni e ne riusciva a nuvolette di vapore... vapore come mi sentivo io ora, vapore in volo verso il nulla...

Il resto della notte la passai piangendo, non ricordo nemmeno il motivo.

Passò qualche giorno e come da accordi mi recai da Adele, una cena a casa sua, cibi semplici cucinati da lei, la situazione mi sembrava alquanto strana, i figli non c'erano, non sarei mai andato in casa sua in loro presenza, anche se prima o poi questo sarebbe capitato. La cena fu simpatica, Adele mi parlò a lungo di se, del suo passato e delle sue prospettive per il futuro, era veramente dolcissima, sembrava un'altra donna rispetto a pochi giorni fa, sembrava tenesse a me come persona non come fisico, io la ascoltai a lungo mi interessavano i suoi discorsi, ogni tanto rispondevo e lei rimaneva stupita da questo e si allargava in splendidi sorrisi, mi parlava del suo rapporto un po' difficile con i figli, che avevano... più o meno la mia stessa età, faceva paragoni fra me e il figlio maschio, ma senza umiliarlo, erano semplici paragoni, di me non parlavo, il mio muro reggeva, reggeva bene, avrei voluto confidare qualcosa, ma il suo sorriso triste avrebbe potuto spegnersi e io questo non lo volevo affatto... dopo la cena finimmo a letto, e facemmo dell'ottimo sesso, meno sfrenato della volta scorsa, più dolce, mi sembrò di sentire durante un orgasmo "Ti amo," ma le mie orecchie e la mia mente negavano quel verbo e quelle parole, fu solo una mia sensazione, che immediatamente cancellai dalla memoria. Adele godette più volte quella sera, intensamente, io anche, Voleva che io mi fermassi a dormire, quella notte la accontentai... ma il mattino dopo al mio risveglio sentii dei rumori in cucina e Adele era ancora addormentata accanto a me, notai la sua naturale bellezza, i capelli le avvolgevano il collo e le lenzuola sagomavano le sue forme, ma il problema era un altro, nell'altra stanza c'era o il figlio o la figlia, o entrambi ed io ero completamente nudo accanto alla loro madre, il mio imbarazzo era a dir poco universale, non ho mai avuto un attacco di panico, ma forse la sensazione che provavo era quella, ad un tratto pensai all'armadio o al balcone, ma un quinto piano e nudo... mi venne da ridere, sembrava un film anni trenta, ma Adele disse sottovoce "Tranquillo, non entrano mai nella mia stanza, continua a dormire," facile a dirsi, continuare a dormire in quella situazione... roba da matti, roba da matti, comunque mi accucciai sotto le lenzuola e attesi, finché lo sbattere di una porta mi tranquillizzò... il pericolo scampato però mi eccitò alla grande e poi si sa che il mattino è alleato dei maschietti, quindi facemmo sesso fino a mezzogiorno almeno e poi via, troppe confidenze, quelle dopo, ora mi aspettava Olga.

Spesso di sera uscivo con Adele, andavamo in pizzeria, notavo gli sguardi della gente, la differenza di età si vedeva e il nostro atteggiamento non era quello di madre e figlio, non ci tenevamo per mano quando si camminava ma ci baciavamo spesso, incuranti della gente, ma la cosa che più mi preoccupava era che io percepivo Adele come molto vicina, era differente da Olga, non era gelosa, ma teneva a me, mi raccontava la sua giornata lavorativa, le sue confidenze... tutto, mi chiese anche di andare in ferie con lei, ma io rifiutai, ma lei con grande dignità e signorilità alla mia richiesta di trovare un biglietto aereo per la Sicilia, mi accontentò, smuovendo mari e monti per ottenerlo e mi accompagnò anche all'aeroporto.

La sentivo veramente vicina, tanto, troppo per me, sembrava innamorata di me, ma non avrei mai osato chiederlo... andavo da un letto ad un altro, da un bacio all'altro da un orgasmo all'altro, questa era la mia vita del momento. Il rapporto con Adele mia stava dando molto, non ero considerato solo un cazzo ambulante, ero considerato come un uomo, anche Olga cercava di fare altrettanto, ma io non le permettevo nulla a lei, proprio nulla a parte il sesso, sfrenato e liberatorio. Adele era molto discreta con me, ma proponeva sempre più situazioni stabili, cioè situazioni in cui si poteva stare soli per molto tempo, come le vacanze o settimane durante l'anno... io cominciavo a mal tollerare questa forma di "controllo", dormivo qualche volta da lei, ma a patto che non vi fosse nessuno in casa, a parte noi.

Un giorno mi disse che quando io dormivo con lei, non aveva bisogno di prendere l'ipnoinducente, cioè un farmaco per dormire, io tradussi questo come "Con te sto proprio bene" e iniziai a prendere le distanze da lei e dal suo corpo... finché, un giorno mi disse che doveva partire per la Cina, per lavoro, io fui contentissimo di questo, molto contento.

Doveva stare via per molto tempo, notai una grande tristezza nei suoi occhi, ci salutammo una sera a casa sua, non facemmo sesso, eravamo tristi e lei beveva liquori esotici, mentre cercava di nascondere gli occhi lucidi... in cuor suo sapeva di avermi perso.

Partì a notte fonda.

La rividi circa 24 anni dopo.

Stesso sorriso, stessa voglia di vivere, stesso calore umano.

Uomo diverso, completamente diverso.

Capitolo 16

... Lavoravo ormai da quasi un anno nello stesso reparto, ero il più giovane di tutti, svolgevo il mio lavoro con estrema diligenza, mi divertivo a lavorare, le mie otto ore passavano liete, mente fuori da quest'ambiente il mio abisso di solitudine mi stava facendo annegare, avevo rapporti profondi, molto profondi, ma solo sessuali, spesso dopo ogni orgasmo vulcanico, m'isolavo da Olga, la mia donna da tempo, e piangevo a dirotto, in silenzio quando non potevo urlare e fragorosamente quando potevo, non riuscivo a guardarmi allo specchio, la mia immagine era solo un involucro senza anima o meglio con un'anima ferita e confusa, la mia confusione mi divorava, la solitudine mi divorava, il mondo mi divorava, ero un cazzo che penetrava, una bocca che leccava, uno stantuffo che si muoveva, sapevo che alcune donne provavano sentimenti per me, ma io fuggivo da loro e da me stesso, gli orgasmi erano fughe dalla realtà, erano uno strumento per sentirsi vivo, ma può un corpo senza anima sentirsi vivo?

Nel reparto dove prestavo servizio ero coccolato e voluto bene, infatti andavo a lavorare volentieri, il capo sala Vittorio un uomo di quarantatré anni, parlava sempre bene di me ai colleghi, diceva che è raro trovare un ragazzo delle mia età, così puntuale e diligente nel lavoro, e nel frattempo allegro e gioviale con tutti, questo non lo diceva a me, ma ad altri che poi mi riferivano senza malizia.

Io provavo un gran rispetto per Vittorio, gli davo sempre del lei, non riuscivo a dargli del tu. I suoi quarantatré anni, rispetto ai miei 21, mi sembravano una barriera generazionale impossibile da affrontare o superare, avevo per lui un gran timore reverenziale, avevo difficoltà ad dare del tu anche ad altri colleghi, ma questo era il frutto dei miei vissuti, con i quali spesso combattevo.

Di frequente, Vittorio si fermava fino a tardi, quando io facevo il turno pomeridiano, e chiacchierava con me, quando il reparto era tranquillo, gli piaceva parlare con me, diceva che io ero un buon ascoltatore e mi raccontava della sua vita da bimbo, in collegio dai preti e poi altro ancora... tanto altro... lui aveva fama di gran donnaiolo ed era vero, assolutamente vero e spesso venivano a trovarlo colleghe con cui aveva avuto in passato relazioni amorose, poi qualche volta, mi diceva in maniera simpatica quello che vi era stato fra di loro, descrizioni puramente fisiche, i sentimenti non erano contemplati in questi rapporti, un po' su questo mi assomigliava... qualche volta io per divertimento facevo un po' il buffone imitando e scimmiottando una donna in particolare che lo assillava con richieste continue... lui si divertiva tantissimo e anche il resto dei colleghi non riuscivano a trattenere le risate. Questo ero io nell'ambiente lavorativo, giocavo, ridevo, facevo il buffone, ma nonostante questa apparente serenità, non dicevo mai nulla di me, della mia vita privata, forse perché la mia vita privata... era malata... malata di solitudine e apatia...

Non avevo nessuno con cui parlare di me, io ero un corpo e basta.

Rientravo a casa, e piangevo, piangevo come un bimbo cui hanno rubato le caramelle, non sapevo bene neppure io il motivo di questa tristezza e rabbia. Sembravo un indumento double face, cambiavo atteggiamento a seconda delle situazioni, in realtà riuscivo a mascherare bene, molto bene. Qualcosa però era in fermento dentro di me. Non capivo cosa mi stesse succedendo, ma qualcosa stava veramente accadendo.

Il mio rapporto con Vittorio migliorava, mi piaceva la situazione, un uomo molto più grande di me, che chiacchierava e mi parlava di se, faceva anche domande che riguardavano la mia vita, ma io non rispondevo mai, Vittorio vedeva il mio imbarazzo e a volte lasciva stare e a volte si divertiva a stuzzicarmi, facendomi domande strettamente personali.

Più di una volta mi invitò ad andare a caccia con lui, passai la notte a casa sua con la sua attuale compagna e il mattino dopo andammo in giro per i boschi a cercare fagiani, mangiando panini imbottiti e coca cola, (lui vino, ma io preferivo non bere). Mi divertivo, non avevo mai fatto queste cose, mai, per me era come scoprire un mondo nuovo, totalmente inesplorato, lui parlava e io ascoltavo.

Di sera scaricavo tutta la mia frustrazione andando da Olga, scopavamo come dannati, in ogni anfratto della casa, il letto era un semplice arredo, non un luogo su cui posarsi... incredibile la foga di entrambi. Sesso, sesso, sesso, tanto sesso e tanta solitudine.

Una mattina, dopo una notte di sesso sfrenato, mi recai al lavoro, ed entrai nello spogliatoio, i maschi nel reparto eravamo solo Vittorio ed io, i medici non si cambiavano da noi, io avevo orari diversi dal capo sala ma quella mattina casualmente anche lui venne presto, io avevo imbarazzo, e questo si notava, Vittorio mi guardava insistentemente e questo aumentava il mio imbarazzo, continuava a guardarmi, a un certo punto si avvicinò un po' facendomi gelare il sangue e disse ridendo "Guardati allo specchio prima di uscire".

Io non mi guardo mai allo specchio, ma dopo quell'affermazione, timidamente voltai il mio sguardo e il mio corpo di fronte ad esso... quel che si presentava era uno spettacolo poco edificante da vedere, il mio collo era zeppo di succhiotti lividi con la classica forma a "labbra", vedevo a stento la schiena, ma il vedibile era una sorta di carta geografica dove i graffi erano dei fiumi e i segni dei denti e dei morsi erano isole in mezzo ad un mare di escoriazioni, il petto era scorticato e rosso, i segni delle unghie erano così evidenti che mi stupì perfino io del non sentire dolore, anche l'addome era disegnato, non osai guardare più in basso...

Olga ormai aveva capito che mi stavo staccando da lei, aveva giustamente inteso che l'aumento del mio disagio era dovuto ad un incontro con una giovane donna, il suo "marcarmi" era un segnale chiaro, "Questo è mio".

Da sempre i nostri amplessi erano vere e proprie battaglie, ma i segni sul collo, cioè in punti visibili, m'irritavano più che i graffi veri, la sua gelosia stava venendo fuori prepotentemente, la sua paura di perdermi, però mi riempiva il cuore di tenerezza, in fondo la gelosia è un sentimento d'amore e io probabilmente di quello avevo bisogno, di sentimenti, ma di sentimenti nuovi, dove la mia anima era protagonista e non il mio corpo, ma le sorprese non finivano qui...

Indossai la polo d'ordinanza e tirai su il colletto, ma i segni erano evidenti in ogni caso e mettendo i cerotti, la situazione peggiorava...

Vittorio scherzava su questa situazione, ora aveva argomenti su cui fare domande ed era difficile dribblare il tutto.

Quella sera andai da Olga, ero furibondo, ma più la trattavo male e più lei si legava a me, ma non caddi vittima delle sue tentazioni, (fu difficilissimo) e andai via sbattendo la porta.

Il giorno dopo, al lavoro, Vittorio inizialmente non tornò sull'argomento, ma nel primo pomeriggio, quando la situazione era più tranquilla, iniziò il suo personale divertimento, tempestandomi di domande... "Ma quanti anni ha? È magra o alta?", e via dicendo, io avevo un gran desiderio di condividere alcune cose, ma il mio rapporto con il genere umano e con gli uomini in particolare m'impediva di sbottonarmi e parlare, Vittorio sembrava divertito da questa situazione, il mio imbarazzo era evidente e lui stuzzicava sempre, ma senza mai degenerare, e una volta disse davanti a tutti a tavola "Saresti il mio figlio maschio ideale," lui aveva una figlia femmina avuta in un precedente matrimonio, Ester si chiama.

Una mattina Vittorio mi disse "Senti, domani vieni a caccia con me?? Questa notte puoi dormire a casa mia, la mia compagna ti conoscerebbe volentieri, abbiamo una stanza vuota, la casa è grande e poi si fa un bel giro nei boschi, voglio prendere almeno tre fagiani, se ti vergogni lasciamo stare, nessun problema...", questa proposta mi emozionò moltissimo, io spesso ero invitato da qualche parte ma rifiutavo sempre ogni invito, non mi piaceva fare finta di ridere o fare il buffone se non avevo voglia, fingevo già abbastanza normalmente, affogavo nel sesso le mie paure e la mia poca voglia di vivere e spesso in maniera inconscia cercavo situazioni di pericolo, pericolo vero, per cercare di dare una svolta definitiva alla mia vita.

La situazione caccia mi sembrava abbastanza pericolosa, ma a parte questo, ero gratificato per l'invito, non mi piaceva l'idea di stare solo con un uomo per gran parte della giornata, ma ero stato abilmente stuzzicato nell'orgoglio, con la frese, "Se ti vergogni...", quindi essendo un po' ingenuo, dissi subito "Va bene, vado a casa a prendere il pigiama e ci troviamo qui va bene?" "Va bene" rispose Vittorio, e così facemmo infatti, io alla fine del turno andai a casa e presi il primo pigiama pulito che avevo, un cambio di rito delle ciabatte e infilai il tutto in una borsa presa con i punti del benzinaio e via verso il luogo dell'appuntamento.

Salimmo nell'auto di Vittorio, una bella auto lussuosa, la sua attuale compagna era una donna benestante, quindi spesso esagerava con i lussi, ma a me questo non infastidiva, avevo un po' paura, tutto qui. Vittorio sembrava felice di questa situazione e iniziò a parlare delle propria infanzia, che in parte era simile alla mia, lui era cresciuto in un collegio, i suoi genitori non erano molto ricchi e quindi per poter mangiare lo inviarono in questo collegio gestito da preti, qui fece le scuole elementari e medie e andava a casa il sabato, la domenica e le feste e le vacanze, la sua vita non era stata facile e mi disse anche che qualche prete ogni tanto allungava le mani... questa frase la disse ridendo, ma io fui percorso da brividi freddi, non sapevo cosa potesse nascondersi dietro quella risata, il nulla o un mondo, quindi cercai di ridere anche io, per non farmi prendere da cattivi pensieri, volevo rilassarmi oggi e anche domani, anche se cominciavo a pentirmi del mio si troppo frettoloso.

Il viaggio in auto però fu bello, Vittorio non mi chiese nulla, io temevo domande, parlò quasi sempre lui e a me piaceva ascoltarlo. Arrivammo a casa, gran casa lussuosa, le figlie della sua compagna erano fuori casa e non sarebbero tornate per la notte, quindi mi si prospettava una cena a tre, la sua compagna era una donna semplice, vedova da non molto, stonava con il contesto della casa, ma probabilmente la sua semplicità, nascondeva altre doti, che io non volevo assolutamente conoscere.

Cena semplicissima, minestrina e bollito condito da poche parole di Vittorio e da pochissime parole di Elga... e ancora meno dalla mie, ma questo era scontato e visto che era tardi e l'indomani dovevamo alzarci presto, io mi ritirai nella stanza a me destinata, che confinava con la camera da letto. Prendere sonno in un letto non proprio è sempre impresa ardua, ma oltre a questo vi era l'imbarazzo, infatti poco dopo anche i due andarono nella stanza e io sentivo il letto sbattere contro il muro... e qualche gemito che accompagnava il tutto, durò pochi istanti... e io temetti che qualcuno entrasse nella stanza e cominciai a fare finta di dormire anche se oltre me non vi era nessuno... sentii un rumore, un rumore di passi, mi rannicchiai... un altro rumore... e poi lo sciacquone dell'acqua, era veramente tutto finito, meno male, il sonno piano piano si impadronì di me.

Il mattino seguente sveglia all'alba, i fagiani non attendono, una capatina veloce in bagno, un caffè caldo e via verso la campagna.

Camminavamo in silenzio, non si doveva parlare, Vittorio davanti a me e io in gran apprensione dietro. Mi disse che non dovevo mai stare davanti a lui, per motivi di sicurezza, l'aria autunnale era molto frizzante e i colori riempivano gli occhi, un gran profumo di funghi e umidità mi prese le narici, la situazione cominciava a piacermi, sembravamo veramente padre e figlio in gita nei boschi, pochissime parole, sguardi d'intesa e profumo di vita.

Non prendemmo nulla, proprio nulla, ma un panino con la frittata ci consolò di tutto, io ero stranamente diverso dal solito, intimamente ero felice, o così mi sembrava era un'emozione simpatica, da assaporare, mi sentivo leggero, ma pieno di qualcosa di bello, Vittorio si accorse che il mio stato emotivo era mutato e sorrideva tranquillo mordendo il panino.

Fu una giornata indimenticabile, vuota di parole ma piena di sensazioni mai provate, salutai Vittorio stringendogli la mano, volevo ringraziarlo, ma non sapevo come, un mio sorriso sincero, forse fu il sigillo di tutto.

Quella sera non andai da Olga, dormii della grossa, fino al mattino dopo, fino all'orario della sveglia, che mi urlò nelle orecchie il suo irritante rumore.

Soliti saluti, solito lavoro, ma una sensazione nuova mi accompagnava, non credevo come una giornata diversa dal solito potesse cambiare il mio umore.

Vittorio spesso scherzava con me, mi trattava bene, non era più insistente nelle domande imbarazzanti e tutto procedeva bene. Ripetemmo l'esperienza della caccia, ed io ero felice di queste giornate in compagnia di un uomo, che si confidava ogni tanto e mi rispettava.

Una mattina mentre ero intento a sistemare un armadio con una collega accanto, Vittorio scherzosamente appoggiò la mano sul mio portafogli che era posizionato nella tasca dei pantaloni la tasca dietro, così facendo, parlando dello spessore del portafogli, toccò il mio sedere, ma non eravamo soli, e nonostante il fastidio provato, non trovai il gesto finalizzato a qualcosa ma scherzoso appunto, infatti, anche gli altri presenti sorrisero per la battuta sul portafogli pieno... di scontrini, la cosa finì lì e il resto della giornata fu normale come tutte le altre.

Ma qualcosa stava cambiando nel mio rapporto con Vittorio, infatti, un pomeriggio si fermò fino a tardi, in servizio eravamo solo in due e il reparto era tranquillo, Vittorio aveva voglia di parlare e infatti, mi descrisse in maniera fin troppo dettagliata il suo ultimo rapporto sessuale con la sua compagna, dicendo che provava bruciore alla penetrazione e che non sapeva dare una spiegazione a questo, andò anche oltre raccontandomi particolari imbarazzanti, di una masturbazione notturna, pensando a qualcosa di nuovo, senza accennare a cosa, ma descrivendola come un'eccitazione mai provata prima. Io non capivo il perché di tutta questa dovizia di particolari, proprio non lo capivo, io sono sempre stato pudico di mio, forse fin troppo, e ero evidentemente imbarazzato, la mia giovane età non mi permetteva di nascondere anche questo, infatti cavalcando questo mio imbarazzo, Vittorio dopo altre affermazioni pesanti mi disse "Chissà come fai godere bene la tua donna, dai segni che porti sembra proprio una tigre in calore...", io non sapevo cosa rispondere, dissi semplicemente "Sì, facciamo dell'ottimo sesso, tutto qui," e cercai di dirottare la conversazione su altro, ma la collega rispondeva ai campanelli e io non riuscivo a divincolarmi dalla situazione... ma ad un certo punto Vittorio fu clemente e con una grossa risata disse "Vai altrimenti scoppi," la cosa mi tranquillizzò, mi misi a ridere anche io e ripresi il mio lavoro senza pensarci... Passarono dei giorni e io non pensavo più all'accaduto, portavo ancora dei segni sul corpo, segni più recenti, ma non sul collo, avevo minacciato Olga e lei si accodò al mio pensiero, ma i segni nella schiena erano evidentissimi...

Un pomeriggio sul tardi, entrai nello spogliatoio a cambiare la divisa, mi ero sporcato non potevo lavorare in quelle condizioni, mentre ero in boxer, entrò Vittorio, io salutai tranquillamente e cercai la divisa nel mucchio delle altre, dandogli le spalle... lui si avvicinò e la sua mano seguì il percorso di un graffio dal collo al gluteo... io ero immobile, non mi aspettavo un gesto simile, mi girai per guardarlo in faccia, ma lui si era già allontanato per cambiarsi, allora anch'io infilai i pantaloni e la maglietta e salutando tranquillamente andai via.

Vittorio nei giorni successivi mi parlò poco, sembrava evitarmi, ma io ero contento di questo, non capivo il motivo del suo atteggiamento ma preferivo così, anche se un po' ero deluso da questa "amicizia" che sembrava nata fra noi e poi apparentemente naufragata.

Presi qualche giorno di riposo e al mio ritorno tutto sembrava come prima, Vittorio tesseva le mie lodi ai colleghi e scherzava bonariamente con me e io scopavo con Olga come prima.

Venne il turno di notte, il migliore per me, in quanto solo, completamente solo, potevo leggere e scrivere a mio piacimento, senza nessuno che mi dicesse qualcosa, reparto permettendo ovvio, ma tutto era tranquillo, finché verso l'una arrivò Vittorio... solo, aveva un taglio al braccio, e mi disse "Si è fermata l'auto, volevo vedere che cazzo aveva e mi sono tagliato, fammi una medicazione", poi telefonò a casa spiegando l'accaduto, dicendo che sarebbe rimasto in ospedale, non poteva tornare indietro. Io mi accinsi a medicarlo, il taglio era abbastanza profondo, e posizionai il tutto in maniera corretta e precisa, ricevendo i suoi complimenti... mi guardava, mentre cercavo di fare l'indifferente, mi guardava mentre sistemavo l'armadio, mentre scrivevo, non una parola, solo sguardi e tanto tanto imbarazzo da parte mia... volevo riposare le gambe e sdraiarmi in una brandina, ma non osavo proprio, davanti al capo, ma fu lui stesso a dirmi "Mettiti giù un po', qui è tutto tranquillo, io vado nello studio medico, riposati un po'," quando lui andò via, mi sdrai sulla brandina, ma dopo un po' Vittorio entrò nella stanza, mi guardava in maniera strana, io cercavo di fare finta di nulla, sperando in un campanello, ma il silenzio era assoluto. Finché Vittorio disse "Chissà che bel cazzo hai...", io rimasi completamente ammutolito, in un decimo di secondo molte immagini mi passarono per la mente, non credevo a quello che avevo sentito, non ci credevo affatto, ma lui incalzò "Devi avere proprio un bel cazzo, grande grosso e duro, se fai godere così tanto la tua donna, sicuramente è così," mi guardava fisso, io non reggevo lo sguardo, mi sentivo tradito, tradito, ma forse stava solo scherzando, aveva bevuto un po' voleva parlare, chiacchierare, si voleva questo... ma la situazione non era proprio quella che io pensavo o volevo pensare... infatti si avvicinò a me ancora di più, io ero stretto in un angolo... e disse ancora... "Perché non fai godere anche me... sai, io non ho mai provato a farmi scopare, ma da te lo farei...", il suo sguardo era pieno di eccitazione, si capiva tantissimo, io ero spaventato e dissi timidamente "No Vittorio, no, non mi piacciono questi scherzi, per favore la smetta, mi spaventa così", gli davo del lei nonostante tutto, avevo troppa paura, ero gelato, sentivo dentro un dolore di schiaffi, un senso di colpa incredibile un'umiliazione pazzesca, volevo ribellarmi, volevo scappare, in fondo ero grande e grosso come lui, non ero un bambino, avevo 21 anni ed ero pieno di forza.

Le domande mi frullavano in testa e m'impedivano di reagire, ma perché io? Lo sa che mi piacciono le donne, e poi anche lui è un donnaiolo, che cazzo vuole, che cazzo vuole... continuava ad avvicinarsi mi guardava quasi con affetto, appoggiò le sue mani sulle mie spalle e nel frattempo io pensavo "Adesso ride, adesso smette è solo uno scherzo...", ma la sua testa si stava avvicinando a me per baciarmi... noooooooooo, un moto di ribellione assoluta mi prese, afferrai le sue mani e cominciai a spingerlo via, non volevo fargli del male, in passato con me era stato gentile, forse era ubriaco, ma la sua mano si appoggiò sul mio cazzo e strinse forte fino a farmi male, allora senza più contenermi sferrai un pugno sulla pancia, e fu come una liberazione, ne sferrai un altro sui reni... delle immagini mi passarono davanti, ma cercai di nasconderle dentro di me, Vittorio si accasciò... io mi sentivo in colpa, gli avevo fatto male, fin troppo... mi avvicinai, guardai il suo viso, stava piangendo... mi guardò negli occhi... e mi disse... "Grazie, grazie", si alzò dolorante, io lo aiutai, non credevo a quello che stavo facendo, lui ora sembrava felice, dolente ma felice... prese la sua roba e sempre con una faccia sorridente mi disse ancora "Grazie Antonello, grazie..." e andò via...

... Io non capivo nulla, mi ringraziava per averlo menato?
Avrei voluto fargli mille domande, forse anche di più, ma lo lasciai andare via...

Capitolo 17

Il mio umore era apparentemente buono, ridevo, giocavo, ma fingevo, spesso. Sempre più spesso stavo solo, leggevo, scrivevo, piangevo, ma poi per tutti ero sempre allegro, gioioso, giocoso, declinavo le uscite quando potevo e quando non potevo, mi sforzavo, non mi piaceva stare in compagnia. Il reparto dove prestavo servizio, dopo l'ultimo episodio con Vittorio, mi sembrava una prigione, volevo risolvere quella situazione, non sapevo come, ma volevo risolverla, anche perché ero curioso, volevo fare domande precise, volevo capire, dovevo capire, ma era difficile ricostruire un rapporto dopo quello che era accaduto.

Stavo cercando altri stimoli per dare un significato alla mia vita, e qualcosa stava accadendo, Olga era sempre più gelosa nei miei confronti, anche dopo la partenza di Adele, sapeva che stavo cambiando o che ero già cambiato, ma io stesso non ero consapevole di questo cambiamento o forse cercavo di fuggire da lui in tutti i modi.

Accadde questo... un giorno andai in un reparto per cercare qualcosa, vidi passare una splendida ragazza, minuta, capelli neri ricci, lunghi fin sotto le spalle, occhi nocciola, con trucco nero, divisa color cachi e un grembiule bianco, forme sinuose, magra, ma formosa, carnagione scura, mi passò davanti e non mi degnò di uno sguardo, continuai a guardarla mentre passava oltre... così potei notare la figura nella sua totale interezza.

Tornai nel reparto dove lavoravo ma la mia mente rimase appicccicata alla divisa della misteriosa splendida ragazza.

Incredibilmente cominciai a chiedere notizie su lei, chi era, quanti anni aveva, se era fidanzata o no... cosa alquanto strana per me e non meno strano fu come le colleghe, m'informarono e cercarono di combinare un incontro, pazzesco, io non avevo bisogno di questo, proprio no, chissà perché le colleghe si comportarono così, chissà come mi vedevano per fare questo... passarono pochissimi giorni, o forse era addirittura il giorno dopo e io non riuscivo a togliermi dalla mente la ragazza, quindi, dopo che le colleghe mi dissero che era libera, andai dove lei lavorava... non per parlare con lei, nonostante tutto sono timido, incredibile a crederci? No, è proprio vero, ma parlai con un'altra collega che promise di combinare un incontro casuale, casuale si fa per dire... comunque Nadia promise.

Sembrava che gran parte dei colleghi tifassero per me, li sentivo vicini, quasi apprensivi per l'esito di un eventuale incontro, io stavo quasi per cambiare idea, la ragazza di nome Manuela, aveva la mia età, o qualche mese in più, e poi vi era un'altra ragazza, Enrica, molto ricca, che mi faceva la corte, se volevo sistemarmi potevo farlo, ma io in fondo che volevo? Come sempre troppe domande e poche risposte, comunque qualcosa dentro di me si stava muovendo.

Il giorno dopo, verso le 14,00 ricevetti una telefonata in reparto, era Nadia, fu decisamente laconica disse "Arriviamo...", e riattaccò il telefono, fui percorso da un brivido lungo la schiena e non solo, volevo fuggire, diventare invisibile, sotterrarmi e non so ancora cosa, mi guardai addirittura allo specchio, nel tentativo di domare qualche ciuffo ribelle, non mi guardavo allo specchio da molto tempo, forse da troppo mi accorsi della mia giovane età, dei miei occhi verdi-nocciola della mia faccia d'angelo...

(così qualcuno mi chiamava in passato), mi accorsi anche del mio sguardo, appariva perso, si tuffava nello specchio, sembrava non tornare indietro, spariva dentro il riflesso.

Ormai dovevano essere qui, mancava un battito di ciglia... non facevo in tempo a sistemare la mia vita. Eccole, Nadia bussò alla porta, Manuela era accanto, aveva in mano un bidoncino bianco, come futile scusa per l'incontro, entrambi sapevamo che avevano combinato l'incontro e lei sapeva che la mia fama mi precedeva, il mio soprannome, nonostante le mille attenzioni nel non far sapere le cose era "uccel di bosco", per via delle mie numerose avventure e rifiuti, me lei, nonostante tutto si presentò... e io la trovai a dir poco splendida, da vicino poi... i suoi capelli neri e mossi toccavano le spalle e incorniciavano un viso ovale, olivastro, molto scuro, abbronzato, gli occhi non molto grandi ma profondi e vivi, color nocciola, truccati con un ombretto nero, le labbra non erano toccate da trucco, ma erano sensuali e morbide, la sua pelle mi ricordava una pesca, liscia e vellutata, fui letteralmente attratto fisicamente dal suo corpo, una piccole Venere abbronzata, i fianchi larghi, ma non esagerati, la vita stretta e un seno giovane, piccolo, tonico, che puntava contro una divisa color cachi e bianca, la guardavo ammirato, avrei voluto tuffarmi in quel décolleté, subito, ma non potevo. Mi presentai, palesando un imbarazzo adolescenziale, spesso come una nuvola temporalesca... e lei rispose con una piccola risata liberatoria, Nadia fu molto brava a gestire il mio ed il suo imbarazzo, e chiese se avevamo della candeggina da dare in prestito ottima maniera per rompere il ghiaccio, io mi presentai dando la mano, e lei fece altrettanto, mi piacque molto quel contatto, fu una sensazione piacevolissima, guardavo solo lei, i suoi movimenti, le sue labbra, le vedevo muovere, ma non capivo le parole, guardavo e basta, probabilmente passarono dei colleghi e suonarono anche dei campanelli, ma io rapito, tremavo, sentivo il mio respiro scendere nei bronchi, sentivo il rumore dell'aria che li attraversava, la mia sensibilità sembrava esasperata o forse rinata.

Ci congedammo dopo una breve chiacchierata, fu un incontro semplice, ma aveva avuto un sapore incredibilmente forte, le vidi allontanarsi, e continuai a guardare le forme di quella splendida donna, sinuosa, mediterranea, incredibilmente attraente. Continuai a lavorare, ma il mio pensiero per quel giorno fu rivolto e dedicato a lei.

Il giorno dopo ero allegro, disponibile alla vita, sorridente con il cuore, ma la mia incredibile gaiezza fu turbata da una battuta di Vittorio, che senza rispetto alcuno, davanti a tutti i colleghi prese in giro Manuela, esasperando difetti che io non avevo visto neppure e insultando la sua mansione in ospedale, dicendo che chi fa le pulizie non è capace a fare null'altro neanche nella vita... i colleghi non risero di questo, anzi, si allontanarono da lui, e io feci altrettanto, anche se avrei voluto urlare a tutti quello che aveva tentato di fare con me, ma come si permetteva... mi faceva così debole?? Ci pensai a lungo e giunsi alla conclusione che il suo atteggiamento evidenziava una profonda gelosia, era geloso di Manuela e quindi cosa provava per me? La sua non era solo attrazione fisica probabilmente, dovevo stare molto attento, dopo la mia ribellione, nonostante il suo stranissimo "Grazie" aveva cambiato atteggiamento con me, faceva il pignolo, mi richiamava spesso, mi rendevo conto che i suoi richiami erano futili e inutili, ma in qualche modo mi teneva a sé, in fondo era il mio "capo" controllava il mio lavoro per trovare qualcosa, un motivo qualunque per farmi stare vicino a lui. Questo era quello che io percepivo, non avevo prove di questo e questo mi tormentava, volevo sistemare il mio rapporto con lui, dopo l'ennesimo rimprovero l'idea di chiarire con lui si faceva sempre più imperiosa, quindi dopo averci pensato per molte ore, mi decisi e approfittai di un momento in cui era solo, e dissi "Questa sera usciamo? Avrei alcune cose da dirle, mi farebbe molto piacere, dico davvero", notai la gran sorpresa nei suoi occhi e un imbarazzo ben celato, quindi Vittorio rispose "Ma dove vuoi andare?" "Passo a prenderla io alle sette, andiamo in pizzeria se le va," "Va bene... va bene... passa alle sette", quindi con un sì assicurato ed un sorriso in tasca, andai via soddisfatto, ma molto molto impaurito, la mia paura degli uomini e di alcune situazioni m'impediva a volte dei rapporti d'amicizia continuativi, ma non era solo quello, un generale malessere da tempo si era impossessato di me, la fatica di vivere spesso si faceva sentire, eppure, apparentemente nulla mi mancava, nemmeno le gioia terrena più intensa... il sesso. Che fatica a guardarmi, che fatica a esserci, un piccolo spiraglio di energia mi fu dato dall'incontro con Manuela ma ora, nonostante tutto, dovevo affrontare Vittorio e le mie paure.

Non mi preparai per l'incontro, nel senso che non mi cambiai i vestiti, lavai solo i denti, alla veloce, volevo togliere le parolacce e le maledizioni che mi dicevo da solo, ma rimasero appiccicate... passai da Vittorio, suonai il campanello e lui scese subito, non sarei mai salito in casa, era vestito elegante sportivo, sembrava più vecchio della sua età, probabilmente la mia reazione violenta al suo approccio, aveva smosso qualcosa di vecchio, ma anche a me aveva mosso una serie di emozioni non indifferenti e ora volevo affrontare tutto, o almeno una gran parte di queste cose. In auto, Vittorio fumò almeno tre sigarette, rimanendo molto vago sugli argomenti, ma era evidentemente nervoso, la mano libera dalla sigaretta, tamburellava sul suo ginocchio, come la pioggia battente in autunno, e anche le mie mani brandivano nervosamente il volante, ma il tragitto fu breve, non a caso anche questo, meglio in un locale, dove mi sentivo protetto dalla gente, anche se dopo l'ultimo incontro, difficilmente Vittorio avrebbe osato qualcosa. Io ero come sempre, apparente sicuro e disinvolto, ma nascondevo un grosso imbarazzo e paura. Ordinammo la pizza, io come sempre diavola, molto piccante, Vittorio mi imitò, nessuno dei due voleva iniziare un eventuale discorso, anche se era evidente che un chiarimento era ormai indispensabile, presi coraggio e provai a introdurre l'argomento... "Vittorio, io vorrei farle una domanda un po' personale, ma io devo capire, voglio capire... vorrei ecco, vorrei capire delle cose..." "Non cincischiare, vuoi sapere perché ci ho provato con te?" "Sì, vorrei saperlo," "Comincia a mangiare, è una storia lunga, la banalità non mi appartiene, anche per questo ho scelto te, cosa credi, non sono un finocchio, una checca, sono un amante del bello e del misterioso e non solo," Vittorio addentava la sua pizza con voracità estrema, non era da lui, anch'egli, voleva chiarire e sistemare la sua posizione, sembrava volesse rimediare più che spiegare, comunque continuò, "Il mio è stato un gesto esagerato, lo ammetto e ti chiedo scusa, ma non è proprio come pensi o come volevo che fosse, non è facile nemmeno per me spiegare, cercherò di essere chiaro," mi diede un buffetto sul viso, che cercava di mascherare il suo imbarazzo, ma che gettò me in un imbarazzo incredibile, in quel momento, nonostante tutto, provavo una gran tenerezza nei suoi confronti, i miei occhi lo guardavano fisso, giudicavano senza parlare, ma giudicavano e punivano, mi disse di bere della birra, si fa così fra uomini, ma io non avendo un buon rapporto con gli alcolici rifiutai, e questo fu anche argomento di conversazione, stimolai nuovamente il discorso, "Cosa vuol dire essere alla ricerca del bello," "La ricerca del bello... sai io sono un esteta, il tuo fisico da giovane uomo, atletico, tonico, scattante è un bel vedere, ma anche la tua testa è interessante, hai presente l'amore fra uomini greci? Il giovane e il meno giovane, il giovane doveva in qualche maniera imparare dal vecchio e ricambiava donando a lui piaceri sessuali...", era una risposta studiata era evidente, Vittorio aveva la terza media, presa a Napoli ed era diventato caposala grazie ad una serie di riqualifiche varie, non aveva basi di studio classico, faceva il sindacalista e sapeva usare bene le parole oppure, anzi, sicuramente, aveva letto qualcosa di suo, ma sentivo che questa non era la risposta, troppo fine per lui, troppo costruita, non sapevo come dirglielo e lui continuò "Questi piaceri sessuali erano un dono che il giovane faceva al vecchio, non che io sia vecchio, ben inteso, ma sicuramente più maturo, comunque sono dei doni che il giovane fa al vecchio in cambio della saggezza che egli da e insegna a lui... tutto qui..." "Vittorio, a me non sembra molto saggio quello che è successo, a momenti ci ammazzavamo, io mi sono spaventato molto, cosa crede, ho avuto molta paura, mica c'entra la ricerca del bello qui, se voleva vedermi aveva solo da dirlo, mica mi vergogno a farmi vedere in mutande, e poi mica sono così bello, meglio di me c'è ne sono a migliaia," dissi questo tutto d'un fiato, senza guardarlo in viso, mi stupii io stesso per il coraggio, Vittorio iniziò a scherzare sull'accaduto, spostando l'argomento su altro, mossa abile, astuta, da uomo saggio, ma io incalzavo... "Allora, perché io, visto che di belli ve ne sono altri, perché io?", Vittorio si fece scuro in volto, la paura si impossessò di me, forse avevo esagerato, mi sentivo nuovamente perso, ma in mezzo alla gente nulla poteva accadere, ma mi sbagliavo, Vittorio non era arrabbiato con me, anzi... cominciò a raccontare... "Antonello, ora non voglio tirarla per le lunghe... non so cosa mi sia capitato con te, prima non avevo mai fatto nulla del genere, ma... la tua mascolinità, così delicata a volte e cosi spudorata in altre situazioni, mi ha colpito in qualche maniera, sei sempre naturale, si vede che nascondi qualcosa, ma sembra una grande tristezza, tristezza da non so cosa, io volevo un uomo, volevo stare con un uomo, un uomo vero, non nascosto... come cazzo faccio a dirtelo, volevo un uomo che non avesse mai avuto esperienze con altri uomini, volevo iniziarti e un po' iniziarmi... io... io... sono cresciuto in un collegio di preti, la mia famiglia era povera, andavo a casa sabato e domenica, e in settimana stavo in collegio," Vittorio aveva gli occhi lucidi, avrei voluto interromperlo, ma ormai sembrava un fiume in piena, aveva rotto gli argini delle sua anima... "Ero continuamente umiliato, preso in giro, questi preti erano tutti uomini adulti, grandi di età... ogni mattina entravano in stanza e facevano abbassare i pantaloni e le mutande a tutti i bambini per vedere se erano puliti, davanti a tutti... poi se qualcuno faceva la pipì nel letto veniva picchiato con un cucchiaio di legno... poi ancora...", "Va bene, basta Vittorio, basta, nessun problema, nessun problema...", essendo io cresciuto in un orfanotrofio, avevo ben presente di cosa parlava, non volevo farlo andare avanti, la sofferenza non era solo la sua, ma anche la mia, tutto si rimuove, ma tutto torna a galla alla minima occasione, e ti colpisce con forza, ti stordisce, ed è così inaspettato il colpo che si è impreparati, le cicatrici si riaprono e riprendono a sanguinare e a bruciare... "Basta Vittorio, ci siamo capiti, non voglio più sentire nulla," forse sbagliai a dire questo, Vittorio aveva bisogno di parlare, di buttare fuori tutta la sua rabbia, ma io dovevo fare i conti con me stesso, ero troppo giovane per ascoltare tutto questo e rimanere indenne a tutto... non volevo affatto... dovevo difendermi anche io e poi ora avevo in mente Manuela, volevo interrompere il rapporto con Olga e ogni tanto mi tornava in mente Adele, ora in Cina, la mia testa era un gran casino, e dovevo affrontare tutto da solo, come sempre, dirottai la discussione, anche se Vittorio adesso voleva continuare e liberarsi di molti pesi, i ruoli erano invertiti adesso ero io il saggio e lui il giovane, bevve almeno 4 birre, io una coca cola, non riusciva a guardarmi in faccia, rideva e scherzava, faceva battute superficiali, ma una grande tristezza lo avvolgeva, mi pentii un po' per aver organizzato l'incontro, come sempre non avevo avuto tutte le risposte che desideravo e inoltre avevo contribuito ad aumentare il malessere di Vittorio. Ci alzammo dal tavolo, lo presi a braccetto, barcollava un po', fu molto contento di questo gesto, fu come una mano tesa, un segno di pace, in auto poche parole, lo vidi salire le scale, si girò e mi sorrise... io risposi con un cenno della mano e uno sguardo. Fu una riappacificazione bella, non entrammo mai più nell'argomento, mai più, ma riuscii a capire il suo stranissimo "Grazie".

Adesso dopo questo chiarimento effimero, in reparto la situazione era più tranquilla, Vittorio aveva ripreso a scherzare con me e a trattarmi bene, come prima, i colleghi notarono questo e la serenità tornò. Io ora volevo incontrare Manuela, ma non avevo il coraggio di telefonare, non ero abituato a chiedere, non mi piaceva, ma alcune colleghe, molto mamme, buttavano battute, mi invitavano a fare dei passi, ovviamente non sapevano che io avevo una relazione con Olga, che ultimamente era sempre più strana e possessiva, comunque un giorno dopo l'ennesimo invito da parte di una collega. con uno sforzo enorme, presi il telefono e telefonai ad Manuela... mi tremavano le gambe e la voce, ero solo in quel momento, non volevo farmi sentire da nessuno, sapevo che faceva il turno del mattino, come me, l'avevo vista ma non mi ero fatto vedere, quindi ero sicuro di trovarla... il telefono squillò... una volta, due, tre e casualmente rispose proprio lei... e dopo essermi presentato per farmi riconoscere le dissi "Andiamo una sera a mangiare una birra e bere una pizza?", la mia non era una battuta ma imbarazzo puro, la sua risposta fu "Sì".

Non dissi nulla a nessuno, ma ero veramente felice, non credevo a questa nuova avventura, anche perché per me era quello, un'avventura, ma era comunque sotto gli occhi di tutti, più visibile, meno sotterranea, oserei dire più "normale" quindi combinammo per la sera dopo... dissi ad Olga che non andavo da lei, dovevo incontrare una ragazza. Mi sbatté il telefono in faccia, ma ero abituato a queste scenate, poi avrebbe chiesto scusa, di questo ne ero sicuro. Mi preparai, tagliai barba e baffi, doccia di rito... soliti abiti... e un gran sorriso, tremavo come una foglia quando passai a prenderla, indossava una gonna nera appena sopra il ginocchio e una canottierina rossa... questo abbigliamento esaltava le sue forme, era veramente un sogno, eccitante da morire, i lunghi capelli toccavano le spalle, le accarezzavano, che invidia... scarpe nere con poco tacco, ci salutammo in maniera formale, e andammo in pizzeria, come predefinito, in auto, continuavo a guardare le sue gambe, le sue spalle, tutto, guardavo tutto, cercavo di non farmi accorgere di questo, ma mi sentivo veramente trasportato, attratto, incredibilmente attratto, ma non osai nulla, assolutamente nulla, entrammo in pizzeria e io molto galantemente aprii la porta e mi comportavo come una specie di damerino impacciato, non ero proprio io, ma ci tenevo a fare bella figura, lei prese una 4 stagioni senza carciofini e io una immancabile diavola, la cosa che mi stupii non poco era che mi sembrava di vedere a colori, cioè il cielo era blu scuro, la notte era nera, la sua gonna era nera, il salamino era rosso... le mie mani rosa... mi stavo accorgendo di come era il mondo, di come potesse essere colorato e gustoso, ero così stupito di questo che anche lei rimase stupita di questa meraviglia che provavo, era una sensazione che non ricordavo, provata in passato, ma ormai quasi dimenticata...

La serata passò serena, ridemmo e scherzammo spensierati, io non raccontai nulla di me, ne avevo intenzione di farlo, io volevo solo un'avventura, una delle tante, una come le altre. Decidemmo di vederci ancora, una passeggiata, un'altra pizza... qualcosa insieme.

Ma una grossa sorpresa mi attendeva, una sberla decisamente forte... Olga da tempo era strana, si era accorta che mi stavo allontanando da lei, le sue scenate di gelosia erano sempre più frequenti sempre più violente, io da tempo cercavo di renderla indipendente, la spingevo a cercare lavoro, a fare dei corsi, ad uscire di casa, ma lei nulla, usciva solo con me e nessun altro, questo legame stava diventando un peso, tarpava la mia libertà, all'inizio non era così, ma via via si era trasformato in un capestro, che stringeva sempre di più, impedendomi di respirare e vivere, la nostra era un'unione di due disperazioni, che affogavano nel sesso, a volte estremo le loro difficoltà, frustrazioni, vissuti, delusioni... io avevo 22 anni circa, Olga 35...

Quella sera mi presentai da Olga, non volevo fare sesso, o meglio non era mia intenzione, e stranamente nemmeno lei era dell'idea, anzi, mi fece accomodare, voleva parlarmi, io ero contento di questo, immaginavo volesse finire la storia, che ormai andava avanti da molti anni, almeno tre anni e mezzo, mese più mese meno... non avevo mai fatto a caso a questo, poco m'importava, Olga era più strana del solito, iniziò a piangere a dirotto e io stavo per andarmene via, odiavo queste scene patetiche, mai sopportate, ma questa volta era diverso... prese un foglio da un cassetto e me lo porse... io non capivo, presi il foglio e lo lessi... era un test di gravidanza, con il suo nome, il test risultava positivo... la guardai in viso, stupito, sconvolto, atterrito, la nausea venne a me... e dissi "Ma non hai la spirale?", non osò guardarmi in viso e disse... "L'ho tolta due mesi fa... non ti ho detto nulla... perdonami...", io mi alzai e andai via sbattendo la porta, tanto Olga sapeva che sarei tornato per discutere, nonostante il mio stato d'animo, non lasciavo mai nulla di in sospeso.

Ero incazzato come un'aquila a cui avessero tarpato le ali, tolto il cielo, stavo respirando aria diversa e Olga voleva tenermi a sé, ma questa era una presa in giro, una grande presa in giro... questo mi dava un gran fastidio, cosa voleva ottenere? Più faceva così più mi allontanava. Non chiusi occhio tutta la notte, mordevo la federa del cuscino per non mordermi le mani, io non vedevo una vita futura con Olga, io non vedevo nemmeno la vita e di questo non potevo parlarne a nessuno, tranne a dei quaderni, che raccoglievano i miei pensieri, pensieri e pagine che poi venivano bruciati o gettati nel cesso, avevo da poco conosciuto una ragazza, una avventura, ma aveva il sapore di una speranza, anche se tutto intorno a me era insulso, afinalistico, ripetitivo... cosa fare, che decisione prendere... lasciai passare due giorni, nel frattempo incontrai Manuela, sentivo il bisogno di vederla, volevo almeno appagare la vista, in realtà avrei voluto parlare con lei di questa situazione ma la cosa mi sembrò veramente inopportuna, e poi non avevo nessun diritto di investirla con questi argomenti, parlammo delle ferie vicine e dei progetti futuri, mi piaceva stare con lei, per un paio d'ore dimenticai la mia vita, la mia solitudine i miei sorrisi forzati... ma dovevo affrontare la situazione, dovevo, dovevo assolutamente... mi recai da Olga, mi aspettava, era bella, dolcissima, tenera... mi accolse con un lungo bacio sulla bocca, la cosa mi confuse, mi fece barcollare, vacillare... io avevo preso la mia decisione e dissi "Olga... io non sono pronto ad essere padre... e non voglio che tu sia la madre dei miei figli... non voglio, mi spiace, ma non voglio... io non ho futuro Olga, la mia vita non ha senso, non è questo che può cambiarla, no, questo può solo peggiorare la situazione... credimi... è un errore... un grande errore...", mentre dicevo questo, i miei ricordi tornarono ad un passato relativamente recente, pensai al mio primo amore, ai nostri progetti, ai nostri sogni e al loro naufragare, al loro affondare dentro la morte... ero tristissimo, spento, senza meta... Olga, mi abbracciò e iniziò a piangere singhiozzando... le sue lacrime mi bagnarono il viso, il collo e l'anima, il mare di tristezza ci stava facendo annegare, lei mi voleva per se e io non volevo ne lei ne me, ne la vita... rimasi impassibile, freddo in apparenza, ma dentro un'altra fiamma di vita si era spenta... parlammo a lungo, tutta la notte, ormai il letto non era più nostro complice, non volevo più, dissi ad Olga che il nostro rapporto era finito, non era questo il modo di tenermi a se, prendermi in giro... che tipo di rapporto poteva essere, rimase ferita dalle mie parole, ma la mia determinazione era tale che non obiettò nulla... non poteva, non riusciva. Due giorni dopo l'accompagnai al consultorio, andammo in un paese vicino, per evitare ogni pettegolezzo... non eravamo umani, eravamo automi senza anima, quasi senza vita, passarono due settimane e accompagnai Olga in ospedale per l'interruzione volontaria di gravidanza... non ci parlavamo più, provavo una gran tenerezza per lei, aveva assecondato i miei voleri fino all'ultimo, l'ingresso dell'ospedale sembrava la bocca di uno squalo e noi due piccoli pesci pagliaccio, colorati fuori e grigi dentro, così mi sentivo io, così si sentiva Olga... rimasi con lei tutto il giorno, imbarazzato, per via dell'età, ma ucciso dalla mia decisione. Non chiesi nulla ad Olga, non disse una parola per tutto il tempo... la accompagnai a casa... io andai via e piansi, piansi... rimasi stordito dai miei pensieri, stupito di essere ancora vivo... misi una mano in tasca, qualcosa mi rimase fra le dita, un foglio di carta con un numero di telefono, era il numero di casa di Manuela... lo tenni fra le mani, mi sembrava un'ancora, una boa in un mare di tristezza...

Capitolo 18

Ero stordito dalla mia vita stessa, stordito, incuriosito e a volte disgustato, mi chiedevo se la mia vita fosse solo letto, sesso, tanto, gustoso ma privo di amore, in realtà qualcuno mi amava, il problema ero semplicemente io, avevo una gran paura d'amare, paura di essere frainteso, paura di essere abbandonato nuovamente, paura di un rapporto vero, che andasse al di la del sesso, la mia paura di far battere nuovamente il cuore era legittima, ma inadeguata alla mia età, mi sentivo un novantenne cui tutto era capitato e lentamente accettava la morte come unica soluzione. Cercavo anche la morte, la si cerca in mille modi, in mille maniere, non sono sempre necessari gesti clamorosi, a volte la bramavo, volevo mi cogliesse nel sonno, un sonno eterno... non dormivo quasi più, ero solo un fascio di nervi e muscoli scattanti, pronti a tuffarsi nell'ignoto, nel rischio, nella morte stessa. Che senso aveva la vita, piena di gente intorno, nessuno nel cuore, nessuno veramente nei miei pensieri. Volevo essere amato per quello che ero veramente, sembrava un concetto banale e superficiale, ma ero "amato" per avere un bel "cazzo", un bel "culo", un bel "corpo", un buon "lavoro", un bel "sorriso", una buona "genetica", mai nessuno mi aveva amato come Marina, lei mi amava anche perché piangevo leggendo Leopardi o mi commuovevo davanti ad un bimbo che gioca, o sorridevo se vedevo due anziani che si tenevano per mano... Lei amava i miei valori, con lei facevo l'Amore, non facevo mai sesso.

Parole banali le mie, parole fuori moda, parole e basta...
la vita è un'altra cosa, la vita è posizione sociale, sesso
sfrenato, lotta, bellezza estetica, aggressività... la vita non
ha spazio per la poesia, per l'amore stesso... ero stanco di
violenza, subita, fatta, vissuta, ero veramente ad un bivio,
avevo elaborato una serie di lutti, sconfitte, vittorie, ma ero
stanco, stanco della vita, meditavo sul suo senso e ciò che
era stato e non vedevo alcun futuro, solo un grande spazio
vuoto, niente più, tormentavo il biglietto di Manuela che
avevo in tasca, ero indeciso, iniziare una nuova storia o
iniziare una nuova fine... con lei ero stato bene, ma come
sempre prevaleva il fisico, la sua bellezza esteriore, la sua
sensualità giovanile e pura mi attraeva, sognavo i suoi seni
e i suoi fianchi e altro ancora... ma qualcosa mi sfuggiva, ci
pensavo veramente tanto, in me era presente una dicotomia,
una scissione mentale, cercavo la morte, ma il mio istinto di
sopravvivenza mi faceva pensare a lei... dentro di me, una
fiammella di speranza c'era, la stavo spegnendo con un gesto
irripetibile, ma la fiammella bruciava e mi ricordava che
qualcosa di vivo in me c'era... avevo contribuito a spegnere
una vita, ora volevo spegnere la mia... ma come... come...
mille pensieri si accavallavano nella mia mente, sapevo
perfettamente come fare, ero semplicemente combattuto,
vita se così si poteva chiamare o morte, in fondo la mia
vita era già una morte dello spirito stesso, la mia anima non
viveva affatto. Quella sera non volevo pensare, mi bruciava
il cervello, presi qualcosa per dormire... infatti il sonno mi
colse in fretta, fu un sonno buio, solo sogni cupi, solo sogni
bui, mi svegliò il telefono il giorno dopo verso le quattro
del pomeriggio, avevo dormito quasi 18 ore consecutive.

Mi alzai stordito, risposi al telefono, un errore, forse come quello che volevo fare.

Passai dei giorni in perfetto silenzio, non una parola con nessuno, al lavoro sembravo un ragazzo modello, ma la tristezza ormai si era impossessata di me...

Lontano in un corridoio vidi Manuela, avevo perso il suo numero di casa... ma preso da incredibile coraggio la chiamai in reparto, la invitai a uscire e lei accettò nuovamente l'invito. Programmai una classica pizza, come sempre, con quella non si sbaglia mai, la cosa strana è che in parte avevo cambiato opinione, nel senso che mi stavo convincendo che una storia "normale" cioè con una ragazza della mia età, era quello che ci voleva in questo momento... a dire il vero ero confuso, come sempre, ma la mia confusione era perenne ormai, ma nonostante tutto andavo avanti. Mi preparai a modo mio per uscire, cioè solito taglio di barba doccia e indumenti puliti, nulla di più, nulla di meno, ma ero contento, insolitamente contento e pensare che il giorno prima il mio umore era praticamente sotto i piedi, compresa la mia vita. Ci demmo appuntamento al parcheggio dell'ospedale, posto banale ma vicino ad entrambi, lei indossava un maglia leggera di cotone nera con sotto e gonna dello stesso colore, sembrava lo specchio del mio umore, stava benissimo, i suoi capelli lunghi cadevano morbide sulle spalle ed incorniciavano il viso giovane, fresco, sorridente, la pelle olivastra e gli occhi vagamente a mandorla regalavano una sensazione vagamente orientale, la sua piccola statura, con le curve giuste e non esagerate mi accendevano la fantasia, avrei voluto spogliarla immediatamente, lo feci solo con gli occhi, ovviamente, volevo qualcosa di normale non di esagerato, come sempre, come tutto, ci salutammo con un semplice bacio sulla guancia, un bacio che mi scaldò il cuore, aveva una fragranza speziata, un profumo dolcissimo, a dire il vero l'avrei spogliata sul posto... incredibile quanto mi piaceva, ma trattenni il mio istinto bestiale di ventiduenne e salimmo in macchina, io addirittura aprii la portiera dell'auto per farla entrare e per l'occasione avevo perfino dato una pulita al suo interno... anche questo era un miracolo, durante il tragitto parlammo di lavoro e di problemi inerenti ad esso, rischiai di uscire di strada, il mio sguardo era fisso su di lei, esageratamente fisso su di lei, la gonna sopra il ginocchio mi regalava pezzi di gambe da vedere e io immaginavo ben altro, era molto chiusa nell'atteggiamento e questo mi riempì il cuore di tenerezza, anche se dalla forma della maglia intravedevo i seni giovani e sodi, ascoltavo i suoi discorsi, famelico di notizie e profumi, anche la sua voce cristallina e pura mi piaceva, ero emozionato, non solo eccitato, ma questo non era ancora ben chiaro in me.

La serata in pizzeria trascorse in maniera piacevole, osservai attentamente il suo modo di mangiare e di bere, prendemmo due coca cola, nessun alcolico, nemmeno birra, lei prese come la volta scorsa una quattro stagioni senza carciofini e io una diavola con molto peperoncino. Stavo proprio bene, mi sentivo leggero, sgombro da pensieri cattivi e pesanti, ridevo e gustavo questi momenti. La accompagnai al parcheggio e ci salutammo con il solito bacetto sulla guancia.

Fu una notte insolitamente tranquilla, riuscii a dormire senza incubi o risvegli agitati, questo mi fece pensare, ma non riuscivo a trovare la soluzione a questa piacevole novità. La realtà era questa, avevo paura, una gran paura di una relazione stabile che poteva portare a qualcosa d'importante dal punto di vista emotivo, avevo paura di innamorarmi di nuovo, avevo paura di un abbandono, avevo paura di soffrire nuovamente... ma in fondo non stavo già soffrendo? Questa enorme paura era sofferenza spessa come un muro medievale, questo non amare era morte dello spirito, non amavo più nessuno e nemmeno me stesso, cercavo a volte di sfondare il muro della paura, ma i suoi mattoni, mi seppellivano come i pensieri negativi che imperavano nella mia mente giovane e già troppo vissuta, lutti, violenze, stenti, angosce, vessazioni, frustrazioni, libertà negate, incomprensioni... ero veramente stanco.

Il sorriso di Manuela mi aprii uno spiraglio, vedevo il fisico, il seno, le curve ma andavo oltre, ed era questa la mia paura, avevo immaginato un futuro con lei e questo mi aveva rallegrato, avevo guardato oltre la giornata.

Il giorno dopo mi recai al lavoro, ero insolitamente, veramente allegro, galleggiavo, non camminavo, non avevo dato alcun appuntamento a Manuela, ma sapevo che faceva il mio stesso turno, quindi con una sicurezza che andava oltre la mia stessa personalità, camminavo fiero per le corsie dell'ospedale, sicuro che l'avrei incontrata o che, cosa altrettanto incredibile, avrei telefonato io per un altro appuntamento... infatti cosi feci, telefonai e chiesi di lei, e quando fu al telefono dissi "Ciao, ieri è stato molto bello... oggi pomeriggio andiamo al parco insieme?" "Sì va bene, ci vediamo al parcheggio", questo accadde verso le dieci del mattino, il tempo sembrò eterno, le due del pomeriggio arrivarono dopo un secolo, vidi la sua auto e la sua sagoma mediterranea, il suo sorriso fu un refolo di vento che diede ossigeno ai miei polmoni, la salutai con un bacino... nulla di più, ma il suo profumo m'inebriò la mente e i pensieri, andammo in un parco, la giornata era splendida, un caldo sole illuminava e scaldava pensieri e corpi, un gelato... un caffè... e poi accadde l'incredibile, cominciai a raccontare di me, della mia storia, della mia vita... evitai una serie di eventi, anche se giovane e inesperto, sapevo che la sofferenza, anche se raccontata, allontana, divide, crea una situazione di pietà e io non volevo che nascesse questo fra noi, anche la pietà era un sentimento che non volevo condividere con lei. Nonostante rimasi sul vago e superficiale, vidi qualche lacrima uscire dai suoi occhi... quindi smisi di raccontarmi... promettendomi di non toccare più questi argomenti, né con lei, né con nessun altro... solo penna e carta poi stracciata, possono tollerare senza reazioni i miei racconti. Cominciai un po' a fare il buffone, dovevo sdrammatizzare, anche se avevo voglia di piangere per il ricordo evocato e per l'errore fatto, il resto del pomeriggio fu lieto e tranquillo, scaldato dal sole estivo d'inizio luglio.

Ormai ero deciso, volevo andare oltre, volevo chiedere a Manuela di diventare la "mia ragazza", questo voleva dire affrontarla a tu per tu e chiedere, chiedere... prima di lei avevo fatto questo passo solo una volta e fu un sì, finito poi tragicamente, il resto delle mie avventure erano state decise e chieste da altre, io non avevo mai fatto nessun passo, se non quello di spogliarmi dopo aver accettato la situazione, ora dovevo fare esattamente il contrario, dovevo chiedere e non spogliarmi... assolutamente no, volevo gustare i momenti, i secondi, gli attimi... gli sguardi... i profumi, ogni cosa. Per fare questo dovevo pensare, pensare a fondo per capire veramente se volevo nuovamente cominciare a vivere o lasciarmi morire come era mio intento quasi quotidiano, quindi, presi tempo e dissi a Manuela che per una settimana non andavo a lavorare, dovevo sistemare una serie di faccende ed era anche vero, ma il mio vero scopo era prendere tempo per pensarmi. E così feci infatti, mi isolai, andai nei luoghi in cui fin da adolescente mi recavo per pensare, per guardarmi dentro, spesso rimanevo lì fino a notte inoltrata... anche in quella settimana feci questo, ma purtroppo una sera un incontro casuale e fortuito mi fece toccare livelli di disperazione e rabbia quasi primordiali.

Ho seppellito questo episodio, ho lavato via ogni ferita, ogni segno, ogni parola, tutto, tutto è scomparso, tutto doveva scomparire, questo doveva essere, mi aggrappai al sorriso di Manuela, scivolai sul ricordo di una sua lacrima e caddi fino quasi a non rialzarmi più... urlai dal dolore, morsi l'aria per rialzarmi, graffiai il vento, le mie unghie affondarono nell'umidità della notte, ma il suo ricordo, la voglia di rivedere quel sorriso, mi fecero rialzare... sporco... ferito... lacero... ma incredibilmente vivo e con la fiammella di speranza ancora accesa...

La settimana passò, fra pensieri e rimozioni, ma passò, tornai al lavoro come i giorni precedenti, Vittorio mi sorrise amichevolmente, la cosa mi piacque e ricambiai, alle dieci telefonai a Manuela, "Ciao, sono tornato, ci vediamo oggi?" "Sì certo... ti aspetto, è andata bene questa settimana?" "Mi sei mancata...".

Uscimmo... eravamo in auto insieme, Manuela si aspettava una mia proposta, ormai era evidente, lei non avrebbe mai chiesto nulla, toccava a me, solo a me e ai miei ricordi, scendemmo dall'auto, il parco ci attendeva, eravamo sul ciglio di una fontana, vedevo l'acqua che si muoveva al rallentatore... le persone intorno erano solo ombre che riempivano la splendida giornata di sole... sentivo il mio respiro, sentivo l'aria che entrava nei polmoni e rilasciava

il prezioso ossigeno... stavo per desistere, anche se Manuela era davanti a me, un'ombra chiara mi sfiorò la fronte, chiuse una, due, tre, quattro porte... prese la chiave di esse e la gettò nel mio cuore, mi girai con un sorriso verso Manuela e dissi "Vuoi essere le mia ragazza?" "Sì".
Mai domanda fu più giusta.

Capitolo 19

... Stranamente ero da solo quel giorno, avevo preso un giorno di ferie per andare ad acquistare materiale per dipingere parte della casa, ma siccome finii presto questa commissione mi recai svogliatamente in un grosso centro commerciale...

Enorme parcheggio vuoto, desolante e deprimente... ma ormai la giornata è partita e non ho nessuna bacchetta magica per cambiare il tutto.

Entro nel centro commerciale... le porte automatiche mi spalancano al fresco dell'aria condizionata... bello, ventata di novità sembra dirmi il freddo che mi investe.

Il mio umore cambia, mi sorrido da solo, mi do anche un po' dello "scemo", come fa una ventata di fresco a rendermi contento?? Mah! Non saprei... cammino nei lunghi corridoi semivuoti, mi guardo intorno distratto con l'aria da ebete... prendo un caffè, con tutta la lentezza del caso... non accade proprio nulla, immobilismo totale... io ed il mio sorriso ebete ci alziamo e ci incamminiamo verso un negozio di articoli sportivi, uno vale l'altro quando non si ha nulla da fare... guardo distrattamente dei pantaloncini da footing, ma poi scoppio a ridere perché mi rendo conto che sono da donna... mi do per l'ennesima volta dello scemo e mi giro per andarmene, ma la mia attenzione è attratta dalla una tenda di un camerino che si muove nervosamente... si gonfia, si sgonfia, poi si gonfia di nuovo... per non dare nell'occhio mi rimetto a guardare i pantaloncini, in modo che il mio sguardo può guardare nella direzione voluta senza sospetti... mi imbarazzerei enormemente se una commessa mi chiedesse qualcosa... sono un uomo maturo ormai... la tenda continua il suo movimento, cerco di immaginare chi si nasconde dietro, probabilmente una donna sovrappeso che tenta di entrare in una taglia più piccola per negare a se stessa la verità, oppure una fanciulla non più in età scolare (è mattina...) che indossa pantacollant attillati e sexy da mettere in mostra in qualche palestra...

Mamma mia la tenda si apre... abbasso gli occhi, mi sento paonazzo, ma nessuno si è accorto di nulla, rialzo lo sguardo... mi sento osservato, perché... continuo a guardare i pantacollant... poi di colpo sento chiamare il mio nome... "Antonello sei proprio tu, non posso crederci, dopo tanto tempo...", ma chi era? Come faceva a conoscermi?? Immediatamente attivai la mia memoria RAM, nella mia mente scorrevano alla velocità della luce immagini di ragazze e suoni di voci femminili... nulla per i primi tre nanosecondi... poi una sensazione di calore che partiva dal basso, ma proprio dal basso... mi invase lentamente... "Mara che sorpresa... non sei cambiata per nulla", frase più banale non potevo trovare, ma si dice sempre così, no??

Mara era una mia vecchia fiamma, nel senso che insieme avevamo bruciato di passione per un periodo abbastanza lungo... quanti ricordi... quante immagini decisamente hot nella mia mente, dovevo bloccare la memoria RAM o altrimenti dovevo occupare anche io un camerino... "Antonello, che piacere... sei cambiato un po' ma sei sempre tu... nulla da dire...", si avvicinò e mi baciò sulle guance, ma molto vicino alla bocca...

Era gradevolmente profumata, non truccata, capelli biondi, lunghi e lisci, carnagione chiarissima, quasi diafana, si vedevano le vene del collo e delle braccia, (a me piacciono molto di più le mediterranee, ma lei era mediterranea dentro...), mi disse che era in quel negozio per acquistare dell'abbigliamento sportivo per sé, era una palestra-dipendente, e si vedeva... 42 anni, fisico asciutto, gambe toniche, seno piccolo, (una prima come anni fa), ma sodo e rigido come muscoli fortificati dallo sport... fianchi stretti, ma evidenziati da una vita ancora più stretta... "Mi aiuti a scegliere?", mi disse, "Certo, ho tutto il tempo che vuoi...", un senso di colpa m'invase... non dal basso, ma dall'alto... ma cacciai subito via questo pensiero... ero un po' tornato indietro nel tempo... ero "scemo" come prima... ma mi divertivo...

Passammo in rassegna una serie di pantacollant aderentissimi, Mara si pavoneggiava davanti a me, sfilava quasi, come anni fa, era un gioco che facevamo, poco vestiti, ovvio... a volte vestiti di sola aria e fumo di sigaretta... poi dopo che i miei ricordi invasero anche i miei boxer, passammo alle magliette... il negozio era praticamente deserto, il lunedì mattina nei centri commerciali vanno solo le persone annoiate...

Quindi Mara, con estrema naturalezza estrasse il suo reggiseno, (del tutto inutile vista l'anatomia), dalla manica... con movimenti atletici e femminei, oserei dire felini... e me lo porse, come fosse un semplice pacchetto di caramelle... e che caramelle...

Indossò per primo una canottiera giallo limone, molto larga, dalle bretelle si vedevano senza problemi i due seni che puntavano il tessuto davanti... ma dal profilo tutto era chiaro... fin troppo, dissi che il colore era troppo appariscente per lei... quindi mi avvicinai per "valutare" meglio ed esprimere un giudizio più obiettivo... e ribadii il concetto che il colore era troppo forte per lei, quindi le porsi un'altra canotta della stessa taglia e modello ma bianca... entrò nel camerino e lasciò la tenda semiaperta e vidi con quanta eleganza si sfilò il capo... il suo sguardo incrociò il mio, mi girai...

Uscii con il nuovo indumento, il bianco lasciava intravedere quasi tutto, le mie pupille subirono una trasformazione, vedevo un po' offuscato, mi capita quando sono in preda agli ormoni... ancora adesso... dovevo controllarmi... ma era un vero spettacolo inaspettato e lei lo aveva capito, le sue mani toccavano l'indumento davanti allo specchio, cercava il mio sguardo attraverso il riflesso, mi avvicinai a lei... e dissi "Questa sembra cucita solo per te... prendila...", il mio senso di coglionaggine saliva vertiginosamente... saliva tutto, pressione, umore, proprio tutto, mi guardai le mani, tremavano, un luccichio mi fece tornare alla realtà, era l'anello del matrimonio che brillava... ma abbassai le mani, cosa stavo facendo di male? Stavo solo consigliando ad una vecchia amica l'acquisto di alcuni indumenti...

Si passò poi a maglie strette, fascianti, nere, bianche, azzurre, come i colori dei nostri amplessi passati, sempre diversi, sempre vivi e colorati, colorati di tutto...

Ora era il mio turno, anche io dovevo acquistare qualcosa, io spesso faccio jogging, e era "necessario", un completo nuovo, di ultima generazione... quindi lei prese alcuni pantaloncini, di quelli che si usano senza biancheria intima perché dotati di slip interno e delle canotte... colorate, molto colorate... "Dai provali", senza una parola entrai nel camerino, chiusi la tenda lasciando uno spiraglio, avevo caldo... tolsi la camicia, non avevo nulla sotto, solo carne e peli in abbondanza, indossai la canottiera e sfilai pantaloni e boxer... la situazione non era tranquilla, non esplosiva, ma facevo enormi sforzi per controllarmi, era veramente difficile, uscii dal camerino in una situazione quasi normale... ma non del tutto, Mara apprezzò il completo, disse che mi stava bene, metteva in risalto alcune curve che normalmente non si notano... e nel frattempo si mordicchiava nervosamente le labbra, quasi a ferirle... questo gioco con le labbra mi scaldò ancora di più e fui costretto ad entrare nel camerino, mi spogliai dando le spalle alla tenda, sapevo che lei mi guardava...

Anche questa volta fui invaso da un malessere generale, il mio anello bruciava, sembrava parlasse... cosa mi devi dire?? Lo so cosa vuoi dirmi, lo so, ma non vedi che sono presente a me stesso? Fra poco vado a casa e finisce tutto... lo prometto...

"Andiamo a pranzo", disse Mara, "Certo, ho molta fame", dissi io... e girai l'anello nel dito per togliere la sensazione di bruciore... e mi detti del coglione, durante il tragitto per arrivare alla cassa evitai gli specchi, non osavo guardarmi in faccia, eppure gli specchi avevano avuto un ruolo molto divertente nel rapporto fra me e Mara, lei era ed è tutt'ora molto narcisista, si piace e le piace guardarsi... spesso... in ogni situazione... ancora immagini di un passato lontano... ma non troppo, i ricordi erano e sono vivi, si possono toccare si possono... ripetere...

Ho sempre guardato come la gente mangia... un mio piccolo vizio innocente, mi piace fantasticare sul cibo associato al sesso, ma è solo fantasia, non ho nessuna prova che le mie teorie siano suffragate dai fatti; andammo da McDonald, un semplice hamburger e delle patatine, strano che una salutista come Mara preferisse questo locale rispetto ad altri, ma ormai ero ipnotizzato, potevo anche andare in una pescheria e magiare tonno crudo... non vedevo altro che io e Mara tempo fa, legati in amplessi focosi davanti allo specchio della sua camera da letto, in realtà la sua casa era piccola e per dare un senso di "profondità", era piena di specchi distribuiti sapientemente in ogni parete della casa... certe volte mi sembrava di essere in 8 in quella stanza... ma forse questo era anche un desiderio di Mara... o forse anche il mio???

Comunque Mara, mangiava quelle patatine una ad una, lentamente all'inizio del pranzo e poi voracemente verso la fine... questa era proprio lei... anche nel sesso era così... spesso non sapeva aspettare, voleva il piacere subito e riusciva nel suo intento... era la prima donna che conoscevo che aveva una sessualità "maschile" ma poi sapientemente guidata, sapeva dilungarsi... ero riuscito a farle capire che se sapeva aspettare, interrompersi al punto giusto, riprendere e poi fermarsi ancora e poi andare avanti fino all'ultimo respiro, si potevano raggiungere picchi di piacere veramente incredibili, estasianti, esilaranti... forse era da un po' che non faceva sesso... con lei ho sempre fatto dell'ottimo sesso, mai l'amore, ma di questo ne eravamo a conoscenza entrambi... ecco perché funzionavamo cosi bene... l'hamburger finì in pochi minuti, la sua era proprio astinenza... da carne... nel senso che facendo molto sport il corpo ha bisogno di proteine... il concetto mi sembra chiaro, trovo strano che una donna bella come lei, possa avere così fame... ma forse ero io che mi sbagliavo, forse era un mio desiderio, una mia fantasia... sta di fatto che le mie pupille erano mutate... e stavo sudando un po'... il mio respiro era profondo, ritmato, quasi ansimante... e non mi ero reso conto che tutto il mio corpo era proteso verso di lei e che Mara, aveva chinato la testa da un lato, scoprendo un lato del collo... ricordo che amava il fato che io mordicchiassi e a volte mordevo il suo collo... ero un vampiro che succhiava piacere e poi lo rendeva decuplicato... se qualcuno ci avesse visto in quel momento avrebbe sicuramente pensato che eravamo sicuramente innamorati e freschi di conoscenza, tanto era lo stupore con cui ci guardavamo...

La sua mano massaggiava lentamente il collo e poi entrava nella camicetta, c'era caldo, un gesto... naturale... io guardavo e ricordavo... ricordavo...

"Andiamo a casa mia?" disse, "Ora non abito più in quel tugurio, abito qui vicino, vedrei che roba", "Non saprei... è un po' tardi, fra poco dovrei rientrare" "Dovresti appunto, dai non ti mangio mica, sono fidanzata, dai, così conosci il mio compagno", mai usare il condizionale con una donna, dovrei... devo non dovrei... comunque il fatto che fosse fidanzata e che a casa trovavo il suo lui mi tranquillizzò da una parte e smorzò alcune fantasie che si erano infiltrate nella mia mente... non che volessi spolverare dei ricordi, sia ben chiaro...

"Va bene, solo mezz'oretta e poi scappo".

Abitava veramente dietro l'angolo, condominio signorile, porticato importante con bei marmi rossi, specchi all'ingresso (secondo me li ha fatti mettere lei...), ascensore, quinto piano... campanello... nessuno in casa... cazzo no, no, no, urlai dentro di me... devo andare via... ma Mara mi prese per mano, e mi disse "Sai, di te mi piaceva quel tuo modo di fare a tratti delicato, oserei dire ambiguo... sì ambiguo... per poi scoprire un mondo di fantasia maschile mai provata prima, sapevi essere saffico e rude, cubico e sferico... io cominciai a pensare che avesse preso una laurea in matematica, sfere, cubi... vero che con lei mi sono sempre divertito, ma mica pensavo a questo... e poi continuava ancora... sapevi possedermi con sapienza antica... sembrava mi conoscessi da sempre, ogni angolo del mio corpo non aveva segreti per te... sei tu che mi hai fatto scoprire alcune cose dal sapore arcaico, ora è passata alla storia pensavo io...", ma il problema è che io la ascoltavo e nel frattempo volevo andare via... ma che fatica... e pensare che a me non manca nulla, ma forse il gusto dell'avventura non ha prezzo... la cucina era in stile moderno, lucido, acciaio, ci si specchiava, (guarda caso), ad un certo punto mi scappava la pipì... dovevo andare in bagno, ma mi vergognavo... ma non resistevo proprio più e chiesi "Scusa il bagno?" e mi indicò una porta riccamente mosaicata... entrai ed rimasi colpito dal bagno, gli accessori erano per due, quindi viveva con qualcuno, ma lei dominava su tutto... un enorme specchio capeggiava il lavabo... ci si vedeva per intero... i sanitari erano di un rosso acceso che contrastavano con il bianco accecante delle piastrelle, stavo per tirare fuori l'attrezzatura idraulica, quando mi insorse un dubbio... sensazione strana... non capivo mica... che luce riflessa... allora alzai gli occhi e... mi vidi... in posizione classica per un uomo che fa pipì... il soffitto era uno specchio unico... a suo tempo aveva la camera da letto in questa maniera, ma il bagno no... la cosa era degenerata evidentemente... finii il più preso possibile, mi sentivo imbarazzato... lavai frettolosamente le mani e mi precipitai in cucina... "Ora devo andare... è tardi...", ma il campanello suonò, era il suo compagno, bene così mi presento e poi scappo via, anche se in realtà avevo tempo, stranamente per me... "Ecco è lui", disse lei... quindi aspettai l'ingresso del suo compagno... eccolo è qui, "Piacere

Carletto" "Piacere Antonello", i soliti convenevoli e poi accadde qualcosa di veramente inaspettato... Carletto, un uomo tutto muscoli, rasato come me ora, senza esitazione mi disse "Mara mi parla spesso di te... di come stavate bene insieme... in quel senso intendo, sì a letto, noi siamo una coppia aperta, non abbiamo problemi di nessun genere...", perché non mi squilla il cellulare ora??

Sinceramente era una situazione stuzzicante, eccitante... ma io non volevo, il mio corpo rispondeva agli sguardi di Mara, non agli sguardi di Carletto, in realtà non sapevo che cosa intendessero per coppia aperta, e non era mia intenzione chiederlo... proprio no, ma era evidente che Mara mi attirava come una calamita... di colpo la mia attenzione fu attratta da un piccolo altarino posto vicino alla porta della camera da letto, sorridendo mi avvicinai, meravigliato nel vedere questo piccolo altarino... "Ti piace?", disse Carletto, "Interessante," dissi io "Molto interessante...", il mio anello bruciava, bruciava, il cuore era impazzito, batteva, batteva, io cercavo di mantenere la calma, la mia arte attoriale qui fu preziosissima...

L'altarino era così composto... al centro vi era una croce rovesciata. Capovolta, appesa al contrario... ai due lati due ciotole rotonde, al suo interno sembrava vi fosse del sangue coagulato, bruciato, nel frattempo vedevo le immagini delle mie bimbe accanto a me... poi sopra questo altare che era coperto da un pizzo rosso, vi erano dei corni, probabilmente di capra, alle mie spalle Mara e Carletto si erano avvicinati... sentivo il loro odore dietro di me... sorridevano, lo specchio deformava la loro immagine, là li vedevo, sembravano soddisfatti... ancora l'altarino mi colpì, altre ciotole piene di capelli o peli bruciacchiati, unghie, tagliate, indumenti intimi di donna sotto queste ciotole... io stavo per vomitare, vedevo mia moglie che mi chiamava ma che non riusciva a fare uscire la voce... bruciavo io e non solo l'anello... la cosa che mi stupì più di tutte fu questa... Carletto si fece scuro in viso e mi chiese "Ma... tu chi sei...", Mara si allontanò da me chinando lo sguardo... io risposi solo... "Sono quello che ero, quello che sono e quello che sarò, una volta, ora e per sempre", una risata agghiacciante riempì la bocca dei due, che però... si aprirono e mi lasciarono andare verso la porta... che aprii senza voltarmi e chiusi delicatamente... non udii più ridere ma percepii una grande disperazione buia che non mi invase, passò oltre il mio corpo, ma non mi toccò...

Andai a casa un po' nervoso e arrabbiato con me stesso per essere caduto in questa stupida tentazione... posso capire Mara, i miei ricordi... il mio passato... ma Carletto, l'altare... quello proprio no...

Guardai la mia mano sinistra... la zona della fede era quasi ustionata...

Capitolo 20

... Avevo ritrovato Lorenza quasi per caso... Facebook, il popolare social network, mi fu complice, non ero un abitudinario nel frequentarlo, ma ultimamente dopo una serie di litigi con mia moglie, mi tuffavo nel virtuale, per fuggire da qualcosa che nemmeno io sapevo.

Una mail mi avvisava: Lorenza vuole fare amicizia con te... Lorenza? E chi è? Cliccai e una fiammata di ricordi m'invase e mi travolse immediatamente... Lorenza Nedemo... proprio lei, vecchia fiamma di molti anni fa... incredibile, la potenza di internet, meraviglioso, semplicemente meraviglioso...

Accettai immediatamente la sua "richiesta" e il giorno dopo avevo nella casella l'avviso di due suoi messaggi...

Non potevo leggere questi messaggi in al lavoro, dovevo arrivare a casa, ma anche qui, i rischi non erano pochi...

Avevo nuovamente litigato con Manuela, mia moglie, le questioni sempre le stesse, Ma in realtà non la ascoltavo neppure, la mia testa era sopra i messaggi da leggere.

Mi lasciò andare rassegnata, stanca.

Prima mail: Antonello ma sei proprio tu? Ti prego dimmi di sì... tua Lorenza... seconda mail: sono a Roma per una settimana, congresso di Internazionale di medicina forense, centro congressi Roma, Hotel dei Parioli... 3493465332 Lorenza...

Annotai immediatamente il numero e cancellai i messaggi, usci di casa senza nemmeno salutare, mi tuffai in auto e due minuti dopo ero già al telefono... tre... quattro... nove....

Lorenza?? Sono Antonello... proprio io... quanti anni... dimmi...

Prenotai un volo per Roma, primo volo domani ore 8,45.

Poche parole con Manuela, che mi guardava stupita e stanca.

"Parto, devo staccare da qui e da te, devo riflettere...".

Non vedevo che lei, la strada era semplicemente una pista su cui fare scorrere i miei pensieri, che si scontravano fra di loro e facevano scintille che illuminavano a tratti i sorrisi di Manuela, illuminavano a tratti la sua pazienza illuminavano a tratti gli amplessi con Lorenza...

Peso sullo stomaco... sensazione di vuoto, sono in volo per Roma... il cielo è splendidamente blu, di un intensissimo blu, l'aereo spacca si alza sempre più... la terra è sempre più lontana, sempre più piccola e io sono sempre più vicino a Lorenza... Nuvole bianco panna si stagliano all'orizzonte, la fusoliera dell'aereo penetra questo biancore entra dentro prepotentemente... nulla si vede più chiaro, ma a tratti un lampo di blu illumina il finestrino, poi sparisce di nuovo e poi ricompare, come una rincorsa fra entità sovrannaturali... ma la mia mente vola e scaccia i cattivi pensieri e ricorda l'inarcarsi della schiena di Lorenza, l'inarcarsi per i miei baci, per i miei morsi nei muscoli sottili che circondavano le sue vertebre, per i miei baci nelle sue natiche sode.

Ricordo con immenso piacere la sua voglia di fare sesso nei posti insoliti, questa cosa eccitava anche me, ma era lei a condurre sempre il gioco, mi portava in auto nei posti più disparati, motel, spiagge, parcheggi, casa sua... ma nei momenti in cui qualcuno poteva sempre arrivare da un attimo all'altro, era l'adrenalina che la eccitava, la paura che avvolgeva i nostri rapporti, la tensione, fortunatamente il mio cuore era buono, altrimenti non avrebbe potuto reggere a cotanta tensione, ma il divertimento era anche il mio, non posso negarlo... piaceva immensamente anche a me... anche se qualche volta la paura mi faceva concludere in maniera un po' frettolosa... anche ora ero eccitato, il solo pensiero di vederla mi turbava, mi turbava anche dentro...

Altri ricordi, altri turbamenti, di dubbia interpretazione qualcuno...

Grande vuoto allo stomaco, si sta atterrando, comincio a vedere già le case e i monumenti di Roma e la sua campagna verde come la mia ingenuità.

Piccoli sobbalzi, siamo a terra, sgancio immediatamente la cintura, prendo il bagaglio, passo oltre due distinte signore che si lamentano della mia irruenza, sorpasso anche un elegante uomo indiano, saluto la hostess e sono fuori, fuori, corro verso il trenino che mi porterà alla stazione Termini che mi porterà da Lorenza, lei è la che mi aspetta... salgo sul treno, anche se sono appena le 10 del mattino è molto buio, spesse nuvole grigie coprono il sole, l'aria è fredda, un vento fresco scompiglia i pensieri della gente e scuote i cartelloni che costeggiano la strada ferrata, ma io sono troppo preso da ciò che mi aspetta, Lorenza Nedemo, Lorenza Nedemo... ho solo lei in testa...

Il treno puzza, è sporco, non mi siedo, non voglio prendere l'odore del treno, non voglio sporcarmi... Voglio solo sporcarmi di Lorenza... Pensieri peccaminosi mi aggrediscono la mente, ho caldo nonostante il freddo vento, vedo lei in ogni cosa ora, riflessa nel vetro che mi guarda, seduta sul sedile posteriore dell'auto che mi invita... ovunque ovunque... ero quasi ossessionato, non mi capacitavo nemmeno io di questo.

Una voce metallica mi riportò alla realtà, ero arrivato Roma

Termini, scesi di corsa, rimasi stupito dello scuro intorno e del freddo, percepivo gli sguardi della gente, sembrava mi scrutassero e mi chiedessero domande, tante domande, ma io non capivo, non volevo capire, volevo lei e basta... iniziò a piovere a dirotto... ma vidi da lontano una figura elegante che si avvicinava, camminava lentamente guardando avanti a se, la pioggia sembrava non toccarla, le scarpe sfioravano il terreno, l'impermeabile rosso fiammeggiava nel grigio della giornata... vita stretta, circondata da una cintura... borsa in tinta, sigaretta in bocca, fumo grigio usciva dalla bocca... cuore in gola, ormai ci sono, siamo vicini, sangue scorre nelle vene e nelle arterie, sento il suo scorrere... Lorenza è qui, accanto a me, mi sorride, i suoi occhi hanno una strana luce... mi bacia... sento le sue labbra sulle mie... le sue braccia mi cingono le spalle... buio intorno, freddo, solo freddo... il mio fisico non reagisce bene, provo ribrezzo a quel bacio, che mi succede?? Stacco le mie labbra dalle sue, abbasso lo sguardo... vedo la pioggia che cade. Le gocce che bagnano l'asfalto, mi sento osservato... mi giro e un bimbo dai tratti asiatici mi porge un braccialetto... mi sorride, ha gli occhi neri e profondi e indossa una maglietta azzurra, la sua manina tiene il braccialetto nella mano... non è spezzato si è solo sfilato dal braccio, quel braccialetto è mio, sopra sono incisi il nome mio e quello di Manuela, lo indosso... il bimbo ride di gusto, Lorenza è già lontana... spunta il sole... ora c'è luce... non vedo più Lorenza Nedemo...

Il bimbo continua a ridere... squilla il cellulare... un messaggio, Manuela.

Ti aspetto...

Capitolo 21

Anche quest'anno farò da tutor agli oss provenienti dal comune di Torino... sempre sono persone piene di problemi, non sono solo disoccupati o in mobilità, ma sono un vero contenitore di disgrazie indicibili, il mio compito è quello di "cercare" di insegnare loro qualcosa di psichiatria e poi di compilare una tabella sul rendimento ed esprimere un giudizio... dall'alto mi è stato imposto che nessun giudizio deve essere insufficiente... ma mi sembra giusto così...

Un giorno giunse da me come allieva Antonella, donna di anni 39, era vestita con dei blu jeans larghi, anche sporchini, ed una grossa maglia nera che cadeva morbida sul corpo coprendo praticamente tutto, non era truccata, i capelli castano scuro erano raccolti in alto e tenuti insieme da una matita, decisamente originale... mi presentai "Piacere Antonello, sarò io il tuo tutor per queste due settimane," lei stupita, con voce stridula rispose "Ma io avevo capito Graziana, che strano equivoco," e mostrò un certo imbarazzo subito celato, i colleghi maschi nemmeno la degnarono di uno sguardo, le colleghe femmine, ridevano sotto i baffi appena tolti con crema depilatoria...

Io "fiero" del mio ruolo la portai in un ufficio e cominciai a spiegare alcune cose sulla psichiatria e sul suo futuro tirocinio... Antonella sembrava quasi assente, persa nei suoi pensieri, chissà da quale situazione veniva... non osai chiedere per delicatezza... fortunatamente il tempo scorre... e io molto magnanimo la lasciai andare via anche 40 minuti prima... non potevo uccidere una donna morta... il giorno dopo al mio ingresso in ambulatorio, una mia collega mi accolse con uno sguardo di grande complicità e con gli occhi mi indicò l'interno dell'ambulatorio stesso... entrai e Antonella era la ad aspettarmi... la riconobbi a stento fra gli armadi e le cartelle... i suoi capelli castano scuro e tenuti su da una matita si erano trasformati in una acconciatura alla moda con boccoli ordinati e colpi di sole sapientemente dosati, gli occhi erano messi in risalto da rimmel nero che incorniciava due grandi occhi scuri a loro volta rinforzarti nelle loro forme da una matita nera, le labbra decisamente voluttuose sembravano inturgidite da un rossetto rosso fuoco, distribuito con perizia estrema... ma il bello doveva ancora venire... la sua minigonna non si poteva nemmeno definire vertiginosa... ma semplicemente inguinale... di un azzurro acceso, plissettata e... praticamente inesistente... una maglietta stretta cingeva i fianchi e una abbondante scollatura lasciava non solo immaginare due seni non molto grandi, direi una terza, stretti in un reggiseno push-up di pizzo rosa... quei seni parlavano da soli, ad ogni respiro della donna l'insenatura fra di essi di stringeva e si allargava, mostrando piccole rughe che comparivano e scomparivano, due piccole mongolfiere chiuse in una maglia semiaperta... i miei colleghi maschi ormai non avevano più occhi, li avevano lasciati attaccati o sul sedere o sui seni della donna, che effettivamente stava decisamente bene, ma il luogo non era quello giusto... dopo un attimo di sbandamento rientrai nel mio ruolo e chiamai la "tirocinante" in una stanza per dire alcune cose riguardo l'abbigliamento in psichiatria...

Era seduta davanti a me... appoggiava i gomiti sulla scrivania... il seno praticamente era ad un braccio da me... una piccola goccia di sudore scendeva nell'incavo... io la guardavo... e immaginavo di essere quella goccia... ma subito mi ripresi, entrai nuovamente nel mio ruolo e in maniera gentile la redarguii sul suo abbigliamento, spiegando che potrebbe scatenare l'aggressività di alcuni pazienti, che hanno la libido nella norma ma non possono passare all'atto in quanto i farmaci impediscono una erezione completa o la impediscono del tutto... anche qui lei sembrava persa, mi disse che era separata da un marito violento, doveva badare alla madre ottuagenaria ed era disoccupata... aveva gli occhi lucidi mentre parlava, poi aggiunse che questo corso era la sua unica opportunità di riscatto... non la portai in nessuna visita domiciliare, il rischio era veramente alto... la portai a pranzo... in un bar poco frequentato dai colleghi... ordinò tutto ciò che era possibile ordinare, il primo, fusilli al pesto, li divorò con gran velocità, io mangio molto lentamente, gusto ciò che mangio, e trovo che chi mangia molto velocemente sia un pessimo amatore... al contrario, beveva direttamente dalla bottiglia... e qui il discorso cambiava... avviluppava il collo della bottiglia con entrambe le labbra... poi spingeva con la mano dal basso e lentamente, chiudendo gli occhi e fermando il liquido ad intervalli con la lingua, gustava la coca cola come estasiata dalle bollicine che solleticavano il naso... sempre lentamente poi toglieva le labbra, provocando uno schiocco quasi impercettibile... tutta da vedere... il seno si gonfiava mentre beveva, per poi tornare compresso ma non straripante dopo poco... il rossetto era sempre intatto... divorò anche la bistecca in un battibaleno per poi rallentare fino all'esasperazione sulla macedonia, ogni pezzo era preso uno ad uno... apriva la bocca e tirava fuori la lingua per accogliere la frutta, per evitare di togliere il rossetto... parlò pochissimo, l'unica cosa che ricordo fu un suo invito a casa sua, tanto era sola, disperata e bisognosa di certezze... ovviamente risposi che ci dovevo pensare e che ero molto impegnato... ma che se mi organizzavo potevo in qualche maniera accettare il suo invito... la giornata di tirocinio finì... per mia fortuna, tornai a casa, salutai mia moglie calorosamente, come faccio quando l'assenza delle bimbe lo concede... la guardavo, la osservavo, casualmente anche lei bevve dalla bottiglia, non aveva il rossetto e nemmeno il reggiseno push-up... eppure era lei che con la sua meravigliosa semplicità mi scatena le fantasie più incredibili. quella notte lavorava, io dormo poco quando lei non c'è, questo da sempre, riusci a prendere sonno e sognai un amplesso decisamente focoso, travolgente, ricco di posture e gemiti, di bocche e mani ovunque, di attriti goduriosissimi, di urla soffocate dai cuscini e tanto altro ancora... ma la persona con cui godevo era lei... mia moglie... neppure in sogno riesco a tradirla... fu un sogno magnifico che ritrae la realtà...

E pensare che alla tirocinante dissi... "che potevo organizzare"...

Mi posi una serie di domande...

Lei sapeva che il giudizio sarebbe stato comunque positivo?? A prescindere da tutto?

Era ed è sicuramente una bella donna, ma io l'immagino egoista, incapace di dare piacere agli altri...

Il sesso è un mezzo fantastico per distendere le tensioni... ma l'amore... l'amore ha un significato diverso... donare il proprio corpo all'altra persona, diventare un unico essere, un'unica anima... uno splendido incastro inscindibile, culminante in un piacere indicibile, un'estasi di sensi e sensazioni, di strazianti momenti di abbandono totale all'altro, come volare attraverso un fuoco a volte tiepido e a volte rovente... un rovo irto di piacevoli spine che tracciano mappe di piacere... per cadere poi in una nuvola soffice, dopo contrazioni arcaiche e primordiali...

Le tentazioni condiscono la vita e fanno apprezzare di più il nostro quotidiano... la nostra vita, il nostro amore...

Ma questo è solo fisico, fisicità allo stato puro, questo sarebbe stato e se invece oltre ad un corpo avesse avuto anche un cervello capace di solleticare il mio io???

Chissà...

Capitolo 22

Altra allieva, altra storia...

Rossana 41 anni, si presenta in maniera discreta, indossa un paio di pantaloni scuri non stretti, ma ben sagomanti dei fianchi larghi, ma non troppo, sono a vita alta, e chiudono il bacino, stretto, ma da donna non da ragazzina, la sua camicetta chiara è un po' stretta, i bottoni chiusi nelle asole si tendono e lasciano intravedere un reggiseno bianco, di pizzo ed un de collette decisamente abbondante, giunonico, ma tonico e alto, una valle dove ogni uomo in buona salute vorrebbe tuffasi ed affondare parti di sé... (...), mi colpì non poco, aveva anche un buon profumo ed un viso semplice, senza trucco, incorniciato da un'acconciatura spartana, spettinata ma ordinata nello stesso tempo.

La sua voce è calda, non stridula, bellissimi denti bianchi...

La accolgo in uno studio, descrivo un po' il da fare e il da farsi... è attenta alle mie parole, mi guarda con interesse, anche questo è strano...

La guido un po' per l'ambulatorio, poi mi segue per un colloquio; rimane colpita dalla sofferenza altrui e mi racconta che la sofferenza tempra, lei, mi dice, non ha figli, è disoccupata, vive solo di assistenza e piccoli risparmi, ha una serie di nipoti che ama follemente ed è garbata, educata, un po' fuori dai canoni dei precedenti allievi...

Sarò il suo tutor per 2 settimane... i colleghi maschi la notano poco, è intelligente, questo le fa perdere dei punti, le colleghe invece criticano il suo modo di fare vagamente seduttivo... ma comunque sarò io a gestire la situazione...

Durante le visite domiciliari è molto discreta, capace, sa stare al suo posto... mangiamo insieme, altrimenti sarebbe da sola, io mi diverto ad osservare e poi fantasticare, mangia lentamente, seleziona i cibi, li gusta, mi guarda spesso è premurosa nei miei confronti. Chiede poco, ascolta molto... i miei occhi purtroppo cadono spesso sul suo seno abbondante, non voglio, ma ogni tanto gli occhi sembra che pensino per conto loro... non mi piace quando questo accade.

Siamo in uno studio, dobbiamo discutere il PAI...

Il distacco è dato da una scrivania, ma devo fare vedere alcuni particolari, mi alzo e mi metto alle sue spalle, emana un ottimo profumo e anche la visione non è male, ma non mi distraggo e finisco il mio compito. rimane ancora del tempo, andiamo in visita domiciliare, è piacevole parlare con lei, conosce alcuni autori quasi sconosciuti ai più, ad esempio Giuseppe Gioacchino Belli, Guido Gozzano e anche grandi classici come Leopardi, cita frasi in latino, commenta pezzi di poesie... mi piace è simpatica colta, sola... il tempo scorre piacevole con lei... si lavora con piacere e si discute di altro... un giorno in auto, da fermi, dobbiamo scendere, la sua cintura è bloccata, non riesce a togliere il perno dalla sua sede, cerco di aiutarla, ma devo sporgermi... traffico con la cintura, siamo molto vicini, forse troppo, sento il suo alito di gomma da masticare alla menta, sento il suo profumo di corpo accaldato e profumato... chiudo gli occhi un attimo, un attimo solo... e la cintura si sblocca... non aveva proprio nulla, che casualità, comunque torno al mio posto ancora un po' ebbro di quel profumo di donna... mi sento un po' triste, anche solo per quello che ho pensato un attimo, ma il pensiero non si ferma, come si fa a controllare, ma la cosa che mi colpisce non è solo quello, ma il suo pensare, diverso dalla media, diverso dai canoni, io adoro quello che non è comune, non importa se si vede, l'importante che sia fuori dal comune, io adoro i rapporti veri, i rapporti a 360 gradi con le donne, almeno ora alla mia età, in piena gioventù era un po' diverso, ma non poi così diverso, cioè... dipendeva dalle condizioni di astinenza... e da altro ancora... ma ora è così... con lei ho sfiorato discorsi profondi, dico sfiorato perché non sono il tipo che si da facilmente, nemmeno a confidenze, con lei ho discusso anche di filosofia... ma cosa sto pensando... cosa sto facendo... non sto facendo nulla, penso solo. al ritorno in auto la scena si ripete, cintura bloccata, almeno così sembra... devo nuovamente sporgermi per sganciare il perno, altro profumo, altre visioni attraverso la camicetta, altra colpa che mi trafigge... mi squilla il cellulare, dalla suoneria prima ancora di guardare so che è mia moglie, sono imbarazzato al telefono, sono legato. Non sono io, l'allieva mi guarda e sorride... mi gira la testa. Sono a casa, mia moglie non è una che dispensa gesti d'affetto, la sua cultura è questa, ma mi accoglie non solo con un bacio (questa è la normalità), ma con un gelato alla meringa... acquistato per me... questo è un suo modo per dire molte cose... poi la osservo mentre corregge i compiti alla piccola di casa... osservo i suoi gesti, osservo i miei pensieri... che si incrociano con i suoi... i nostri sguardi si attraggono, si sente osservata, io la abbraccio e la stringo, per me non è una novità, sono sempre affettuoso ed esprimo spesso la mia fisicità con lei, ma l'abbraccio è più forte questa volta, almeno io lo sento così... la piccola si mette in mezzo a noi come sempre, divertita e sorridente... anche la grande con la sua ironia tagliente dice "Mulino bianco per tutti...", io mi sento un po' colpevole, riguardo tutti i movimenti di oggi, sono sicuro che la cintura non aveva nulla... ne sono certo.

Altre domande mi affliggono la mente, perché è accaduto questo? Già in passato per aver detto no, ho subito anni di persecuzioni...

Chi è veramente la tirocinante??

Una semplice presenza... oramai è questo per me.

La notte è un tripudio dei sensi...

Mi piace appartenere alla mia compagna, io che non appartengo a quasi nulla, mi piace possedere e appartenere, dividere le sensazioni, accucciarmi fra le sue idee, librarmi nel dono che più mi è prezioso, la libertà che mi dona quotidianamente...

Adoro tuffarmi nei suoi pensieri per scoprire lati ancora sconosciuti.

È semplicemente senza tempo abbandonarmi alle sue carezze, spogliarmi di ogni catena mentale ma incatenarmi ai suoi pensieri, con movenze arcaiche, guidate solo dall'istinto, dimenticando anche l'esperienza...

Questo per me è fare l'amore.

Sono con lei, da più di venti anni ormai, ma sempre estasiante, nuovo, stupefacente e gioioso.

Che cosa sono le tentazioni.... hanno uno scopo?

Probabilmente si.

Bisogna capirlo.

Sommario

@ Graziano Di Benedetto
@ Mnamon
ISBN 9788898470198